「お……おしっこ
ちゃう……」
部屋は密室。脱出は不可能。
雪菜先輩の尿意は限界点に近い。
スカートの裾をぎゅっと握り、内股になる雪菜先輩。
足をもぞもぞと忙しなく動かしながら
「くふぅ……んっ!」と切ない声を上げた。

難波雪菜《なんば ゆきな》
啓太のアパートのお隣さんで、誰もが認める才色兼備な美少女先輩。
しかし何故か啓太にだけは素直になれず毒舌気味。
壁越しのデレを啓太に聞かれていることには気づいていない。
田中啓太《たなか けいた》
アパートで独り暮らしをしている高校2年生。
隣人である雪菜先輩の毒舌とプロレス技に翻弄されつつ、
壁越しに聞こえてくるデレに悶絶する日々を送る。

蛇川飛鳥
へびかわ あすか
夏の終わりに啓太たちの前に現れた謎の美少女。
啓太と幼少期に会ったことがあるようで――？
田井中樹里
たいなか じゅり
啓太に懐いている高校の元気系後輩。
距離感が近く、フレンドリーに胸を押し付けてくる。
ゲームが大好きで、啓太の家に遊びにくることも。
シャルロット
啓太と雪菜のアパートに引っ越してきたイギリス人留学生。
見た目は小学生にしか見えないが、れっきとした女子高校生。
日本のサブカルが大好きで、中二病を患っている。

「啓太くん……
いつも可愛くない私に
優しくしてくれてありがとう」
聞き間違い……じゃないよな？
あの毒舌少女が、俺にお礼を言ったのか……!?

毒舌少女はあまのじゃく 1

～壁越しなら素直に好きって言えるもん！～

上村夏樹

HJ文庫
890

口絵・本文イラスト　みれい

壁越しなら素直に好きって言えるもん！

DOKUZETSU SHOJO HA AMANOJAKU

毒舌少女はあまのじゃく

第一章　雪菜先輩は素直になれない

DOKUZETSU SHOJO HA AMANOJAKU

【雪菜先輩は憎《にく》めない】


学校から帰宅すると、そこには一つ年上の女子高生がいた。

彼女《かのじょ》の名前は難波《なんば》雪菜《ゆきな》。長い黒髪《くろかみ》のクールな先輩で、俺《おれ》は彼女によくお世話になっている。

雪菜先輩は制服姿だった。紺色のブレザーとグレーのスカートがとても似合っている。

「こんにちは、雪菜先輩」

「来たわね。クズ男《お》」

第一声がそれだった。今ではもう聞き慣れた毒舌《どくぜつ》である。

ここはアパート若葉《わかば》荘《そう》の一室。俺が借りている部屋だ。

高校に入学して以来、俺は両親の方針で一人暮らしをしている。父曰《いわ》く、自立した人間になる訓練の一環《いっかん》らしい。

自室を見回すと、他人の部屋と見まがうほど片付いていた。

「雪菜先輩。もしかして部屋を――」

「啓太《けいた》くん。この本は何かしら？」

雪菜先輩は一冊の本をつまみ上げた。まるでばっちぃ物を扱《あつか》うような持ち方だ。

「それは……エロ本ですね」

ちなみにタイトルは『ＯＬさんと遊ぼう！　ＶＯＬ．２』だ。もちろん、俺の私物である。

「誇《ほこ》らしげな顔で何を言っているの。変態もたいがいにしなさい」

「いや別に誇ってないですけど……」

「エロ本を見つけた私の反応を見て楽しむつもりだったの？　だとしたら、高度な変態ね」

「性癖歪《せいへきゆが》み過ぎか！　俺にそんな趣味《しゅみ》は――うおっ！」

雪菜先輩は俺を突《つ》き飛《と》ばした。

突然《とつぜん》の攻撃《こうげき》に対処できず、俺は無様に倒《たお》れた。

「いたたた……何するんですか！」

「ふふっ。いい眺《なが》めだわ」

雪菜先輩は上から俺を見下ろしてそう言った。

俺たちの位置関係のせいで、制服のスカートから伸《の》びる脚《あし》に自然と視線が吸い寄せられる。細くて瑞々《みずみず》しい太もも。柔《やわ》らかそうなふくらはぎ。黒のニーソックスに包まれた爪先《つまさき》。どのパーツも健康的で、それでいて美しい。

「逆に聞かせてほしいわ。ねえ、啓太くん。女の子に性癖《せいへき》全開のエロ本を見られてどんな気分？」

「は、はぁ？　たまたまＯＬモノだっただけで、俺は別に……ふぐっ！」

ぐりぐり。

雪菜先輩はニーソックスに包まれた爪先で、俺の太ももの内側を攻撃してきた。足の指がもぞもぞと動くたびに、得体の知れない快感がゾクゾクっと上ってくる。

女子高生に足で敏感《びんかん》なところを刺激《しげき》されるこの状況はマズいぞ……くっ！　鎮《しず》まれ、俺の理性！

「啓太くん。本当は恥《は》ずかしいんでしょう？　どんな気分か大声で言いなさい」

「ゆ、雪菜先輩。そ、そこはちょっとマズいですぅ……っ！」

「マズい？　では、どうしてほしいかお願いしなさい。このムッツリ白豚野郎《しろぶたやろう》」

「あっ、あぁぁっ……！」

「言わないと、もっと強めにやるわよ？　こんなふうにね」

「ひぎぃぃ……ぐ、ぐりぐりをやめてぇぇ……！」

「ふふっ。だらしないオスの顔して、情けない声で懇願《こんがん》するなんて……恥ずかしい男ね」

雪菜先輩は満足気にそう言って、ぐりぐり攻撃をやめた。

「はぁはぁ……な、何するんですか雪菜先輩！」

「息が荒《あら》いわ。女の子に辱《はずかし》められて興奮しているの？」

「ちげぇぇよ！　女の子があんな破廉恥《はれんち》なことをするなって言ってんの！」

「そう言いながら、私の脚に熱い視線を送るのやめてくれる？」

「送っとらんわ！」

「気持ち悪い豚《ぶた》ね。死ねばいいのに」

雪菜先輩はゴミを見るような目で俺を睨《にら》んだ。ダメだ。話が全然通じないぞ、この人。

「さて。私はもう自分の部屋に帰るわ」

「ちょっと待って！　まだ言いたいことが……」

「そんなに話したいことがあるのなら、壁《かべ》にでも話していれば？　それじゃあね」

「あ、その……ま、また来てくださいね！」

がちゃん。

声をかけたが、雪菜先輩は返事もせずに出て行ってしまった。

「勝手に部屋に入ってきて、俺を辱めて……何がしたいんだ、あの人は」

ドSで毒舌で、ちょっぴり小悪魔《こあくま》な女の子。それが雪菜先輩だ。

だが、完全な悪人というわけではない。

雪菜先輩が俺の部屋に来るのには理由がある。きっかけは、慣れない土地で迷子になっていた雪菜先輩を俺が助けたことだ。

雪菜先輩が上京して間もない頃《ころ》の話である。

都会に引《ひ》っ越《こ》してきたばかりで土地勘《とちかん》のない雪菜先輩は、うっかりラブホ街の入り口に迷いこんだ。その後、ナンパ男にしつこく絡《から》まれ、散々な目に遭《あ》ったのだ。

雪菜先輩はどうにかナンパ男を撒《ま》き、死にそうな顔でラブホ街から出てきた。

そこにたまたま通りかかった俺が事情を聞き、家まで送ってあげたのだが……雪菜先輩は偶然《ぐうぜん》にも俺の隣《となり》の部屋の住人だったのだ。

それからというもの、雪菜先輩は俺の部屋に来ては何かと世話を焼いてくれる。どうやら彼女なりの恩返しらしい。あまりに頻繁《ひんぱん》に来るものだから、合鍵《あいかぎ》まで渡《わた》してしまった。

今日、帰宅したら部屋が片付いていた。雪菜先輩が掃除《そうじ》をしてくれたに違《ちが》いない。

「またありがとうって言い損《そこ》ねたなぁ……」

たぶん、礼を言っても毒舌で返されると思うけど。

盛大に嘆息《たんそく》しつつ、ちらりと時計を見る。

……もうそろそろ『例の時間』だ。

俺は部屋の隅《すみ》に移動して、壁に耳をぴたっとつけた。

すると、隣の部屋から声が聞こえてくる。

『やっちゃったぁ……またやっちゃったよぉぉぉぉ！』

さっきの冷たい声とはまるで違う。

でも、この可愛《かわい》い声は雪菜先輩の声で間違《まちが》いない。

実はこのアパート、壁がかなり薄《うす》い。大声を出せば、隣の部屋までしっかりと聞こえるのだ。

『ああ、もう！　私のばか、ばか！　あんな態度ばかり取っていたら、いくら啓太くんが優《やさ》しいとはいえ嫌《きら》われちゃうよぉ！』

私のばか、ばか、ばか。

雪菜先輩が自分の頭をぽかぽか叩《たた》いて、そう言っている姿を想像してみた。ヤバい。尊すぎてうっかり成仏《じょうぶつ》しそうになる。

説明しよう。雪菜先輩は自室で大声を出す癖《くせ》がある。内容は決まって『自分の本音』だ。

つまり、雪菜先輩のドSはフェイク。本当は純粋《じゅんすい》で乙女《おとめ》な女子高生なのだ。俺に毒舌やお仕置きをしてくるのは、過剰《かじょう》な照《て》れ隠《かく》しに他《ほか》ならない。

『……啓太くん、優しすぎ。いつも酷《ひど》いことしちゃうのに、別《わか》れ際《ぎわ》に「また来てね」って言ってくれるんだもん。それって、もっと私とお話ししたいってことだよね？　嬉《うれ》しいなぁ、えへへ……私ももっとお話しして、仲良くなりたい。啓太くんにもっと好かれたいもん』

雪菜先輩は照れくさそうにそう言った。

……ちょっと叫《さけ》んでもいいかな？

雪菜先輩可愛すぎだろぉおおおお！

俺の前だとドSなのに、壁越《かべご》しだと甘々デレデレかよ！　ギャップありすぎだろ！　ドSデレの世話好きに加えて、甘《あま》え上手な純情乙女ってキャラが渋滞《じゅうたい》しすぎ！　数え役満だわ！　点数どころか、俺のハートがぶっ飛ぶっての！

というか、何が「もっと好かれたいもん」だよ！　とっくに好きだわ！　気づけよ、にぶちん！　好きだからこそ、足でぐりぐりされても許せるんだろ！　ちくしょう！　もっとぐりぐりすればいいじゃない！　このスケベ！

……などと叫ぶと雪菜先輩に聞こえてしまうので、俺はその場でジタバタ悶《もだ》えるしかない。

『もっと素直になれるように頑張《がんば》るぞー！　えい、えい、おー！』

雪菜先輩の子どもっぽい掛《か》け声《ごえ》に、おもわず頬《ほお》が緩《ゆる》んでしまう。

これがあるから、雪菜先輩は憎めない。

「雪菜先輩。今日もありがとうございました」

壁の向こうで可愛い本音を漏《も》らしている雪菜先輩にお礼を言った。

もちろん、彼女に聞こえると困るから小声でね。

【雪菜先輩はゲームが苦手】

帰宅すると、雪菜先輩はワイドショーを見ながらおせんべいを食べていた。一仕事終えた主婦かよ。完全にくつろいでるじゃん。

「雪菜先輩、こんにちは」

「おかえりなさい、啓太くん。一生帰ってこなくてもよかったのに」

「軽い挨拶《あいさつ》でメンタル削《けず》ってくるの、やめてもらっていいですか？」

俺の繊細《せんさい》なハートが砕《くだ》け散《ち》っちゃうだろうが。

「あら。啓太くん、その手に持っているのは何？」

雪菜先輩は俺が手に持っている黒いビニール袋《ぶくろ》を指さした。

「あ、そうそう！　これ見てください！」

俺は学校の帰りに購入《こうにゅう》したゲームソフトを袋から取り出し、雪菜先輩に見せた。

突然ゲームを買ってきたのには理由がある。雪菜先輩とゲームで対戦して、仲良くなろうという作戦だ。

俺は壁越しに雪菜先輩の笑い声を聞いたことあるけど、ちゃんと笑顔《えがお》を見たことはない。ゲームに夢中になれば、雪菜先輩の笑顔が見られるかも、という狙《ねら》いがある。

雪菜先輩はゲームソフトを不思議そうに見つめている。

「何それ。レーシングゲーム？」

「はい。よかったら、俺と一緒《いっしょ》にやりませんか？」

「嫌《いや》よ。あなた、どうせ罰《ばつ》ゲームでいやらしいことを要求するつもりでしょう？」

雪菜先輩は「いかにも豚の考えそうなことだわ。逝《い》ってよし」とため息まじりに言った。

そんな薄い本にありそうな展開、どこで覚えたんですか。

さて、どうすれば雪菜先輩はやる気になるだろうか。

一番簡単なのは、プライドの高い雪菜先輩を刺激することだけど……ちょっとやってみよう。

「えー。一緒にゲームやりましょうよ」

「しつこいわね。やらないわ」

「ふーん。俺に負けるのが怖《こわ》いんですか？」

試《ため》しに煽《あお》ってみると、雪菜先輩の眉《まゆ》がピクっと動く。

「……なんですって？」

「雪菜先輩、ゲーム苦手なんじゃないですか？　俺にボロ負けするのが怖いんでしょ？」

「……随分《ずいぶん》と自信があるのね。いいわ。やってあげる」

おおっ、やった！　雪菜先輩とゲームできるぞ！

「啓太くん。罰ゲームの内容はどうするの？」

「ここはシンプルに『敗者は勝者の言うことをなんでも一つだけ聞く』にしませんか？」

「いいわよ。ただし、ハンデはもらうわ。私、ゲームなんてほとんどやったことないし」

「わかりました。じゃあ、雪菜先輩は一回でも一着でゴールすれば勝ちにしましょう。俺はその前に十勝すれば勝ちってことで」

「それでいいわ。後悔《こうかい》しないことね」

俺はゲーム機の電源を入れてソフトをセットした。雪菜先輩の隣に座《すわ》り、コントローラーを持つ。

ゲームを起動させ、タイトル画面をスキップ。対戦モードを選択《せんたく》し、レーシングカーを選ぶ画面に移る。

「啓太くん。これ、どうやって選ぶのかしら？」

「十字キーでカーソルを動かして決定してください」

「十字キー……？」

「これです、これが十字キー。決定はここのAボタンを押《お》して……あっ」

コントローラーの操作方法を教えていると、重大な事実に気づいてしまった。

俺と雪菜先輩は肩《かた》が触《ふ》れ合《あ》うくらい密着していた。

ちょっと待て。女の子って、こんなにいい香《かお》りがするものなの？

ドキドキしていると、雪菜先輩は冷たい目で俺を睨んだ。

「どさくさにまぎれて、私に密着してくるなんて……この変態。ドスケベ」

「ご、ごめんなさいっ！」

慌《あわ》てて離《はな》れると、雪菜先輩は再び画面に視線を戻《もど》す。よかった。ドＳ攻撃されずに済んだみたい。

俺は黒い車を、雪菜先輩は赤い車をそれぞれ選んだ。

「Ａボタンでアクセル、Ｂボタンでブレーキ。十字キーがハンドルです。雪菜先輩の選んだ車はＡＴ《オートマ》なので、ギアを変える必要はありません」

「操作は簡単そうね。ふふっ、ぶっちぎってあげるわ」

そしてカウントダウンが始まる。
３、２、１……スタート！
まずは雪菜先輩の赤い車が飛び出した。

直線では雪菜先輩の車に分がある。俺はコーナーで差をつけよう。

前を行く雪菜先輩の車を追いかけながら、第一コーナーを回る。

「優勝はもらったわ」

雪菜先輩は車が曲がる方向に体を傾《かたむ》けてそう言った。でたー、初心者にありがちな癖！

その可愛い行動は評価に値《あたい》するが、これは真剣《しんけん》勝負だ。手加減はしない。

「ふっふっふ。そう簡単に勝たせませんよ！」

俺は雪菜先輩の車を追いかけ……あれ？

突然、雪菜先輩の車が消えた。

「ああ、もうっ！　どうして曲がれないのよ！」

雪菜先輩が悔《くや》しそうにそう言った。

画面をよく見ると、雪菜先輩の車は外側のガードレールにぶつかって減速していた。コーナーで速度を落とさなかったため、大きく外にふくれてしまったのだろう。

「じゃ、お先にー」

俺は華麗《かれい》にドリフトを決めて抜《ぬ》き去《さ》った。

「あっ……ふん。今のはハンデよ。ここからは本気で行くわ」

ミスしても強がる雪菜先輩。いや、ハンデもらってるのはあなたですけど……。

その後も雪菜先輩はコーナーを上手《うま》く曲がれず、クラッシュし続けた。

結果、最初のレースは俺の勝利で終わった。

「……啓太くん。もう一回よ」

「あの、雪菜先輩。コーナーでアクセルベタ踏《ぶ》みは初心者ができるようなテクじゃ……」

「クソ生意気にアドバイスしないで。ぶつわよ」

「でも、あのコーナリングじゃ……」

「いいから早くしなさいッ！　この薄汚《うすよご》れた醜《みにく》い白豚がぁッ！」

「は、はいぶひぃぃ！　ただいまセッティングしますぶひぃぃ！」

雪菜先輩の剣幕《けんまく》にビビった俺は、豚の真似《まね》をしつつ次のレースを始めた。

……が、何度やっても結果は同じだった。

「やった！　へへっ、俺の勝ちー！」

「まだまだ！　もう一回よ！」

「俺の勝ちですね」

「早く次！　次は勝てそうな気がする！」

「あの、また俺の勝ち……」

「啓太くん。ズルはよくないわね」

してないわ。雪菜先輩のコーナリングが下手くそすぎるせいでしょ。

ゲームはつつがなく進行していく。

現在のスコアは九勝〇敗。次のレースで負けたほうが罰ゲームだ。

「あの、雪菜先輩……」

「うるさい。黙《だま》って」

「でも……」

「覚えておきなさい。ときに女には負けられない戦いがあるのよ」

そのときは今じゃない気がするけど……まぁいいか。サクッと勝って終わらせよう。

最終レースが始まった。スタートダッシュを決める雪菜先輩を俺が追う。幾度《いくど》も繰《く》り返《かえ》したレース展開だ。

「今回は秘策があるわ」

雪菜先輩は俺の背後に移動した。

「へっ？　秘策？」

戸惑《とまど》っていると、わき腹に人肌《ひとはだ》の温《ぬく》もりを感じる。

視線を向けると、俺の両わき腹に雪菜先輩の足があった。

「ゆ、雪菜先輩？　何するつもりですか？」

「こうするのよ」

雪菜先輩は俺のわき腹を足の指で器用にくすぐってきた。

「あははっ！　ちょ、や、やめてー！」

「ほらほら。前を見ないと、突っ込んじゃうわよ？」

「ゆ、雪菜先輩がくすぐるからぁ！　あはは、ひゃははははっ！」

こちょこちょ。

すりすり。

ニーソックスに包まれた足の指が、もぞもぞと触手《しょくしゅ》のように動く。それだけではない。

雪菜先輩が真後ろにいるため、吐息《といき》が俺の耳にかかってくすぐったい。

「あはははっ！　だ、だめー！　集中できないー！」

「コーナーが近づいているわ。このままだと、曲がれず外にイっちゃうわね」

「ふっ、ふははは っ！　イ、イキたくない！　イってたまるかぁ！」

「楽になりなさい、この卑《いや》しい豚め！　ぶひぶひ言って果てるがいいわ！」

「ぶひぃぃっ！　イ、イクぅぅぅ！　イっちゃうぅぅぅ！」

びゅるるる！

どぴゅーん！

ブレーキをかけたが、時《とき》すでに遅《おそ》し。俺はガードレールに激突《げきとつ》した。

「あー！　雪菜先輩、ずるい！」

「覚えておきなさい。ときに女には負けられない戦いがあるのよ」

「それさっき聞いたわ！」

何ちょっとそのフレーズ気に入ってんだよ。今じゃねぇって言ってんだろ。

慌ててレースに戻るが、もはや巻き返せないほど差がついていた。

雪菜先輩の盤外《ばんがい》戦術に惑《まど》わされた俺は、呆気《あっけ》なくゲームに敗北した。

「ふふっ。私の勝ちね。啓太くんには罰を受けてもらうわ」

そうだった。敗者には罰ゲームが待っているんだった。

相手はあのドSな雪菜先輩だ。きっとひどいことをさせられるに違いない。

ドキドキしながら待っていると、雪菜先輩は罰ゲームを言《い》い渡した。

「今日から啓太くんは私の下僕《げぼく》よ。あなたは私の言うことを何でも聞くの。いいわね？」

雪菜先輩は妖艶《ようえん》な笑《え》みを見せると、すっと立ち上がった。

「また来るわ。それじゃあ」

雪菜先輩はさっさと退室した。

「……今のが罰ゲームの内容？」

俺は首をかしげた。

だって、それって今の状況《じょうきょう》とあまり変わらなくない？

「まぁいつもお世話になってるし、多少の無茶《むちゃ》ぶりなら聞くけどさ……」

おっといけない。そろそろ例の時間だ。

俺は部屋の隅に移動して、壁に耳をぴたっとつけた。

『やっちゃったぁ……またやっちゃったよぉぉぉぉ！』

隣の部屋から、雪菜先輩の懺悔《ざんげ》の声が聞こえてきた。

『ゲームでズルしちゃったよぅ！　ああ、もう！　啓太くんに卑怯《ひきよう》で姑息《こそく》な女だと思われちゃったらどうしよう！』

いや思ってませんから。なんだかんだ言って楽しかったですよ、雪菜先輩。

『でもでも、啓太くんがいけないんだもん。初心者の私に本気出すから。もっと優しく教えてくれてもいいじゃん……ま、まぁ普段は優しいんだけどさっ！　いつも私のワガママ聞いてくれるし。でも、本当は愛想《あいそ》つかされないか不安。だから、私と啓太くんを繋《つな》ぎ止《と》めておきたくて、あんな変な罰ゲーム言っちゃった……啓太くん、困っただろうなぁ』

雪菜先輩は元気のない声でそう言った。

……ちょっと叫んでもいいかな？

雪菜先輩可愛すぎだろぉぉぉぉぉ！

なんだよ『啓太くんがいけないんだもん』って！　見なくてもわかるぞ！　どうせ頬を

ふくらませて言ってるんだろ！　可愛いの擬人化《ぎじんか》か、あなたは！

ていうか、罰ゲームの真意はそういうことだったのか！　いや愛想つかすわけないじゃん！　下僕になんかならなくても、雪菜先輩のお願いなら何でも聞くよ！　だから、ありのままの雪菜先輩でいてほしい！

雪菜の本音……俺にだけ教えてくれよな！

……などと叫ぶと雪菜先輩に聞こえてしまうので、俺はその場でジタバタ悶えた。

『啓太くんに気に入ってもらえるように、いっぱいお世話しなきゃ。がんばれ、私！』

雪菜先輩の一途《いちず》な想《おも》いに、俺の心はきゅんと締《し》めつけられる。

これがあるから、雪菜先輩は憎めない。

「雪菜先輩。俺もあなたに何か返せるように頑張ります！」

壁の向こうのあまのじゃく少女にそう宣言した。

もちろん、彼女に聞こえると困るから小声でね。

【雪菜先輩は頭ぽんぽんされたい】

帰宅すると、例によって制服姿の雪菜先輩がいた。

「雪菜先輩。こんにちは」

声をかけるが返事はない。

雪菜先輩は夢中でマンガを読んでいた。

「何読んでるんですか？」

ようやく俺の存在を認識《にんしき》した雪菜先輩は、黙ってマンガの背表紙を見せた。

読んでいたのは今話題の少女マンガだった。クラスで浮《う》いているクールな少女が、心優《こころやさ》しい少年と交流して恋《こい》に落ちていく、という内容だ。

このマンガのヒロインは雪菜先輩に雰囲気《ふんいき》が似ている。そのせいか、ヒロインの素直になれない性格にすごく共感しちゃうんだよなぁ。

「そのマンガ、面白《おもしろ》いですよね」

「それ、本気で言っているの？」

「はい。俺もそのマンガみたいな恋愛《れんあい》がしたいです」

「相手いないのに？　悲しい妄想《もうそう》ね」

やめて！　厳しい現実を突きつけないで！

「俺の話はおいといて、雪菜先輩はどうですか？　少女マンガみたいな恋、したいですか？」

「別に。興味ないわね」

「そのわりには熟読していたみたいですけど……」

「ただの暇《ひま》つぶしよ。ありえない展開に辟易《へきえき》したわ。たとえば……これとか」

雪菜先輩はとあるページを俺に見せた。

「ああ。頭ぽんぽんのシーンですか」

主人公が女の子の頭をぽんぽんと優しくなでるシーンだ。女の子は顔を赤くして、キュンと胸を鳴らしている。

「啓太くん。このシーン、どう思う？」

「いいじゃないですか。俺も好きな子に頭ぽんぽんしたいですよ」

「まるで童貞《どうてい》のお手本のような思考回路ね」

雪菜先輩は「超絶《ちょうぜつ》キモいわ」と俺の妄想を一蹴《いっしゅう》した。穢《けが》れなきピュアな思春期男子をキモいって言うなよ。

「雪菜先輩は頭ぽんぽんされたくないんですか？」

「されたくないわね」

「えー。本当ですか？」

「ふっ。私は頭をなでられて惚《ほ》れるようなチョロい女じゃないわ」

雪菜先輩は俺を小馬鹿《こばか》にするように笑った。

俺は知っている。雪菜先輩は超がつくほどあまのじゃくだってことを。

つまり、本当は頭ぽんぽんされたいと思っているに違いない。

だったら、俺のやることは決まっている。

「雪菜先輩。失礼します」

俺は玉砕覚悟《ぎょくさいかくご》で雪菜先輩の頭をぽんぽんした。

刹那《せつな》、怒《いか》りの波動を全身に浴びる。

「……啓太くん。駄犬《だけん》の分際で生意気よ」

「は、速い——うおっ！」

雪菜先輩は素早《すばや》く俺を突き飛ばし、すぐさま寝技《ねわざ》を仕掛けてきた。

俺の首と腕《うで》は雪菜先輩の両足で絞《し》めつけられている。いわゆる三角絞めだ。

「啓太くんには言ってなかったわね。私、柔道《じゅうどう》経験者なの」

「うぐっ……こ、これはっ……！」

頸動脈《けいどうみゃく》を絞められている。これはヤバい。でも、俺の顔が雪菜先輩の太ももに挟《はさ》まれているこの状況も相当ヤバい！

しかも、雪菜先輩は制服姿。なんですか、このご褒美《ほうび》は。ここはそういうマニアックなお店ですか？

いかん。苦しさと気持ちよさの狭間《はざま》にいたら、意識が朦朧《もうろう》としてきた。

「啓太くん、どうしたの？　特別に発言を許可するわ。言ってごらんなさい」

「こ、この状態は、いろいろとマズいです……ぅ」

「情けない顔。女に力で屈服《くっぷく》させられて、恥辱《ちじょく》を味わっている負け犬の表情だわ」

違います。いろんな意味で昇天《しょうてん》しそうな顔です。

「ぎ、ぎぶあっぷ、です……」

床《ゆか》をタップすると、雪菜先輩は俺を解放した。

く、苦しかったぁ……ちょっぴり残念な気もするけど、命には代えられない。

「私に気安く触れないでくれるかしら。次やったら腕ひしぎ十字固めの刑《けい》に処すわよ」

また微《び》エロ展開確定の技《わざ》だった。どうやら寝技が得意らしい。

「啓太くんの苦しむ顔が見られて満足だわ。私、もう帰るわね」

そう言い残し、雪菜先輩は部屋から出ていった。

「はぁ……し、死ぬかと思ったぁぁ……」

ようやく声が出るようになった俺は独り言《ひとご》ちる。

雪菜先輩、刺激が強すぎです。思春期の俺は耐《た》えられません。お行儀《ぎょうぎ》の悪い足技《あしわざ》や寝技は控《ひか》えてください……ごめんなさい、嘘《うそ》つきました。たまにはああいうのも悪くない！

さて。そろそろ例の時間だ。

俺は部屋の隅に移動して、壁に耳をぴたっとつけた。

『やっちゃったぁ……またやっちゃったよぉぉぉぉ！』

隣の部屋から、雪菜先輩の本音シャウトが聞こえてきた。

『啓太くんにゼッタイ嫌われた……だって、三角絞めしてくる隣人《りんじん》とか恐怖《きょうふ》でしかないもぉおん！』

嫌いになんてならないですよ、雪菜先輩。いえ、むしろ好きです。最初は『お隣さんヤバい人だ！』と思ったけど、すぐにあなたのギャップに萌《も》え落とされました。

『啓太くん。急にぽんぽんするの、ズルいよ。でも……すごく嬉しかったなぁ。今度は壁ドンしてほしい……なーんて、私ったら妄想し過ぎ。啓太くんは私のこと好きじゃないってわかってる。あんまり期待しちゃダメ。そばにいられるだけで幸せなんだから』

雪菜先輩は少し寂《さび》しそうにそう言った。

……ちょっと叫んでもいいかな？

雪菜先輩可愛すぎだろぉぉぉぉぉ！

ズルいよって拗《す》ね方《かた》、ヒロインすぎるわ！　しかも壁ドンもされたいとか乙女か！　このほしがりさんめ！　今度絶対にやってあげるからね！

ていうか、好きじゃないって決めつけないで！　好きだから！　攻略難易度《こうりやく》が高すぎて攻略できてないだけだから！　俺だってそばにいられるだけで幸せですよ！　そんな気持ちを歌にしました、聞いてください！　『恋の毒舌三角紋め』！

……などと叫ぶと雪菜先輩に聞こえてしまうので、俺はその場でジタバタ悶えるしかない。

『もっと啓太くんに好かれるような女の子にならなきゃ！　がんばるぞー！』

雪菜先輩の健気《けなげ》な想いに、俺の胸はずきゅんと撃《う》ち抜かれた。

これがあるから、雪菜先輩は憎めない。

「雪菜先輩。俺もあなたに見合う男になってみせます」

壁の向こうで本音を漏らしている雪菜先輩に決意を表明した。

もちろん、彼女に聞こえると困るから小声でね。

【雪菜先輩《せんぱい》は相合傘《あいあいがさ》が恥ずかしい】


放課後を知らせるチャイムが校舎に鳴《な》り響《ひび》いた。

ふと教室の窓から外を見る。今朝は晴れていたが、今は雨がしとしと降っている。たしか今週から梅雨入《つゆい》りだっけ。

「嫌な季節だなぁ……」

独り言ちて、置き傘《おきがさ》を手に取って教室をあとにした。

下駄箱《げたばこ》で革靴《かわぐつ》に履《は》き替《か》え、校舎を出ようと思ったら、ちょうど見知った人物に会った。

「あっ……雪菜先輩」

雪菜先輩は下駄箱を出てすぐのところに立っていた。屋根の下にいるので濡《ぬ》れてはいない。

この雨だというのに、雪菜先輩は傘《かさ》を持っていなかった。

俺《おれ》は雪菜先輩のもとへ駆《か》け寄《よ》った。

「雪菜先輩。雨やどりですか？」

「学校で話しかけないで。私まで変態だと思われるでしょう？」

「俺は学校でも仲良くしたい……って、俺が変態という前提で話を進めないでください！」

「とか言いつつ、私に罵《ののし》られて興奮しているのがバレバレね」

「いやしてねぇけど⁉」

「まさにドMの鑑《かがみ》ね。ふふっ、豚野郎に調教した甲斐《かい》があったわ」

雪菜先輩は得意気に笑った。誰《だれ》が豚野郎だ。

「傘、忘れたんですか？」

「ええ。今朝、天気予報を見るのを忘れてしまって」

「よかったら、俺の傘に入ってください。ちょうど帰り道も同じことですし」

「一緒に下校して、びしょ濡れになった私の体を舐《な》めるように見るつもり？　絵に描《か》いたようなドスケベね。気持ち悪いわ」

ドスケベちゃうわ。逆だよ。濡れないように傘に入ってほしいんだって。

「でも、雪菜先輩は傘持ってないじゃないですか」

「走って帰る」

「ダメですよ。濡れたら風邪《かぜ》ひいちゃいます」

「そこまでして私と相合傘がしたいの？　必死ね。さすが童貞――」

「違うよっ！」

おもわず大きな声が出てしまった。

雪菜先輩は目を丸くして瞬《まばた》きした。

「え……啓太くん、童貞ではないの？」

いやそこは合ってる！　ＴＨＥ《ザ》・童貞だよ！　ほっとけ！

「相合傘がしたいとかじゃないですから。俺は純粋に雪菜先輩のことが心配なんですよ。先輩が濡れて帰って風邪でも引いたら、俺はすごく悲しいです」

「啓太くん……」

「俺は雪菜先輩の下僕ですが、今日は俺の言うことを聞いてもらいますよ。ほら、入って」

傘を差し出すと、雪菜先輩はためらいがちに入ってきた。

「……仕方ないわね。私も風邪は嫌。啓太くんが弱った私を襲《おそ》いに来るかもしれないし」

襲わねぇわ。むしろ献身的《けんしんてき》に看病するっての。

なんにせよ、傘に入ってくれて本当によかった。

「それじゃあ、行きましょうか」

俺たちは一つの傘をシェアして下校した。

教室にいたときよりも、雨は強さを増していた。灰色の雲がザァザァと雨粒《あまつぶ》を吐き出《だ》している。

すれ違う通行人から視線を感じる。美人の雪菜先輩と冴《さ》えない俺が相合傘をしているのだ。そりゃ興味もわくか。

「俺たち、なんだか目立ってるみたいですね」

「啓太くんが服を着ていないからでしょ？」

「着てるよ！　ばっちり制服だよ！」

「失礼。ほぼ裸《はだか》だけど、ネクタイと靴下《くつした》だけは身につけているわね」

「それ全裸《ぜんら》よりも変態度高くない!?　普通にフル装備だわ！」

「……ねぇ。さっきから肩が触れ合っているのだけれど」

「えっ……ああっ！」

本当だ。気づかなかったけど、俺と雪菜先輩はかなり密着している。

「下僕のくせに、主人にセクハラするなんてどういうつもり？」

「ご、ごめんなさいっ！」

俺は慌てて飛び退《との》いた。

「いや違うんです！　別にそういう下心があったわけじゃなくて！　雪菜先輩が濡れないように、できるだけくっついた結果、肩が触れ合っただけですから！」

「あ、こら！　離れすぎよ！　濡れちゃうじゃない！」

「ああっ！　す、すみません！」

雪菜先輩は再び傘に入った。

時間にしたらほんの数秒の出来事だった。しかし、雨が強すぎたせいだろう。雪菜先輩は思いのほか濡れてしまった。

「もう。啓太くんのせいでびしょ濡れだわ。ほんっと使えない下僕ね」

雪菜先輩は文句を言いながら俺を睨《にら》みつけた。ヤバいな、めっちゃ怒《おこ》ってる……うん？

「こ、これは……っ！」

季節は六月。制服はすでに夏服に移行している。俺たちはブレザーではなく、白いワイシャツ姿だ。

つまり……雪菜先輩の濡れたワイシャツが、すっ、すすす透《す》けているッ！

雪菜先輩の細い体にワイシャツがぴたっとついている。ボディラインが明確になったぶん、胸の膨《ふく》らみも強調されていた。

俺の視線は自然と胸に吸い寄せられる。そうか。水色のジャーブラなのか……。

「啓太くん？　そんなに熱心にどこを見て――っ！」

俺の視線の先に気づいた雪菜先輩は、慌てて学生鞄《かばん》で胸を隠した。

「ご、ごめんなさい！　その、今のは不可抗力《ふかこうりょく》というか、思春期男子には抗《あらが》えない欲望の発露《はつろ》というか……！」

「啓太くん……刺殺《しさつ》と撲殺《ぼくさつ》、好きなほうを選びなさい」

「どちらもデッドエンドですけど⁉」

ただの殺害予告だった。泣きたい。

「下僕の分際で主人を辱《はずかし》めるなんて……これはお仕置きが必要ね」

雪菜先輩は人差し指で俺の内ももをつーっとなぞってきた。くすぐったくて、ぞくぞくする。

「あっ、あっ……な、何するんですかぁ……！」

「啓太くんの気持ちいいところを見つけているのよ」

「きもち、いい……ところ……？」

そ、それって……スケベなところですか？

こんな野外でナニするつもりですか、雪菜先輩……！

「このへんかしら？」

雪菜先輩は足の付け根のところで手を止めた。

そして、薄《うす》い肉をおもいっきり指で捻《ひね》り上げる。

ぎゅううううっ！

「いでででっ！　あれぇ⁉　思ってたのと違《ちが》うんですけど⁉」

「あら？　何を思っていたのか言ってみなさい。この変態ドスケベ二等兵が！」

口が裂《さ》けても言えません。社会的に死にます。

「いででっ！　雪菜先輩、ギブ！　お肉が千切れちゃう！」

「ええ。そのつもりよ」

「思いのほか怖いな、この人！　シャレにならないですよ、マジで！」

「ふん。罰さえまともに受けられないなんて……どうしようもない豚《ぶた》ね」

雪菜先輩は俺を解放した。

「私、一人で帰る」

「いててて……え？　でも傘が……」

「エロ下僕と肩を寄せ合って帰るくらいなら、濡れて帰ったほうがマシよ。じゃあね」

「あっ！　雪菜先輩！」

雪菜先輩は走って帰ってしまった。

はぁ……今日は完全に俺が悪かった。透けたシャツをジロジロ見られたら、そりゃ嫌だよな。反省。

しばらく歩くと、自宅アパートに到着《とうちゃく》した。

帰宅した俺は、例のごとく壁《かべ》に耳をぴたっとつける。

『やっちゃったぁ……またやっちゃったよぉぉぉぉ！』

隣《となり》の部屋から、雪菜先輩の後悔の声が聞こえてきた。

『恥《は》ずかしすぎて、また暴力振《ふ》るっちゃったぁぁ！　私が濡れたのは啓太くんのせいじゃないのに……ううっ、ごめんなさい……』

いいえ、俺が悪いんです。

雪菜先輩の嫌がることをしてごめんなさい。

『でも、あんなにジロジロ見られるとは思わなかった。もう、啓太くんはスケベなんだから。あんまりえっちぃと、嫌《きら》いになっちゃうぞ？　……なーんてね。嫌いになれるわけないよ。男の子だもん。仕方ないよ。逆に私が啓太くんのえっちぃ性格を受け入れてあげなきゃ……あ、あんまりえっちすぎるのはダメなんだからね？』

雪菜先輩は『啓太くんはえちえち星人だー』と謎《なぞ》の鼻歌を歌い始めた。

……ちょっと叫《さけ》んでもいいかな？

雪菜先輩可愛すぎだろぉぉぉぉぉ！

なーにが『嫌いになっちゃうぞ？』だよ！　俺も雪菜先輩があんまりドSだと嫌いになっちゃうぞ？　まぁ無理だけどな！　最近はあなたのあまのじゃくな態度さえ魅力的《みりょくてき》だって思ってるっつーの！

あと軽々しく『えっちぃ性格を受け入れる』とか言うなよ！　俺そういうつもりじゃないから！　ちゃんとお付き合いするまでは、故意にエッチなことしないから！　ラッキースケベのみ有効だから！　あんまり誘惑《ゆうわく》されると気持ち揺《ゆ》らぐだろ！　この小悪魔《こあくま》め！

くっ……このままでは妄想のアクセルが加速し、思春期が法定速度を超《こ》えて、性春街道《せいしゅんかいどう》を暴走してしまう……ッ！

……などと叫ぶと雪菜先輩に聞こえてしまうので、俺はその場でジタバタ悶《もだ》えるしかない。

『啓太くんはドスケベ二等兵♪』

雪菜先輩の意味不明な鼻歌におもわず笑ってしまった。

これがあるから、雪菜先輩は憎《にく》めない。

「雪菜先輩。意外と音痴《おんち》なんですね」

壁の向こうにいる雪菜先輩をからかってみる。

もちろん、彼女《かのじょ》に聞こえると困るから小声でね。

【雪菜先輩は看病したい】

「三十八度五分……啓太くん。あなた、完全に風邪を引いたわね」

体温計を見ながら、雪菜先輩は呆《あき》れた。

「雨に濡れて帰った私が元気なのに、どうして傘をさして帰った啓太くんが風邪を引くのかしらね。ひょっとして高度なボケ？」

ベッドで横になる俺を見下ろす雪菜先輩。こんなときでも彼女の毒舌は絶好調だった。

でも、本当は俺のことを心配してくれているはず。そうじゃなかったら、こうして俺を看病してくれないと思う。

「ごめんなさい、雪菜先輩。迷惑《めいわく》かけちゃって……」

「気にしないで。ただの恩返しよ」

「すみません……ごほっ、ごほっ！」

「菌《きん》を飛ばさないで。うつったら体が腐《くさ》るわ」

腐らんわ。俺はゾンビか何かかよ。

「ほら。病人なんだから、おとなしく寝《ね》ていなさい」

雪菜先輩は俺の頭をそっとなでた。

……普段《ふだん》は毒舌だけど、本当は心優しい人だよな、雪菜先輩って。

「ごほっ、ごほっ！」

「ひどい咳《せき》……今日は安静にして死体のように眠《ねむ》ること。主人の命令よ。いいわね？」

比喩《ひゆ》は辛辣《しんらつ》だが、気づかいは嬉《うれ》しい。俺はこくこくとうなずいた。

まさか雪菜先輩に看病してもらえる日がくるとは……心配してくれる先輩には悪いけど、すごく嬉しい。

幸せを噛《か》み締めていると、不意に体がぶるっと震《ふる》えた。

「あ……俺、トイレ行きたいです」

「は？　私に下の世話までさせる気？　欲《ほ》しがりな豚ね」

「ち、違いますって！　一人で行きます……ごほっ！」

「なら早く行きなさい。待っていてあげるから」

「はい。すみません」

俺はベッドからよろよろと立ち上がった。

「大丈夫《だいじょうぶ》？　歩ける？」

「は、はい。たぶん」

俺はふらふらした足取りでトイレに向かい、ドアを開けて中に入った。

『大丈夫？』だってさ……マジで心配してくれているんだな。あの雪菜先輩に優《やさ》しくされるなんて夢みたいだ。

用を足し終えた俺はトイレから出た。

ふらふらしている俺を雪菜先輩が心配そうに見ている。大丈夫ですよ。すぐに元気になるんで、また一緒《いっしょ》にゲームでもしましょう……うわっ！

足がもつれて前に転倒《てんとう》した。

「啓太くん！　大丈夫……きゃっ！」

しまった。俺を支えようとしてくれた雪菜先輩を押《お》し倒《たお》してしまった。

「いてて……雪菜先輩、怪我《けが》はないですか？」

むにゅう。

右手に柔《やわ》らかい感触《かんしょく》。手に包まれたそれはマシュマロのようで、それでいて弾力《だんりょく》があった。まるで「もう一度揉《も》んでもいいのよ？」と言わんばかりに、俺の手を跳《は》ね返す。

「あっ……ぅん！」

雪菜先輩の嬌声《きょうせい》を聞いてはっとした。

おそるおそる手元を見る。

おい。バッチリおっぱい揉んどるがな。

「うわぁぁぁ！　ごめんなさい、ごめんなさい！」

慌《あわ》てて謝罪し飛び退くが、時すでに遅し。室内は殺意で満ちていた。

「……よくも私を辱めてくれたわね」

「ち、違うんです！　今のはその、不幸な事故っていうか……」

「そう。遺言《ゆいごん》はそれでいいのね？」

ひぃぃぃぃぃっ！　こ、殺されるぅぅぅぅ！

「病人であることを利用して油断した私を襲うとは……とんだゲス豚だわ」

「そ、そんなつもりは……」

「おだまり」

「うわっ！」

雪菜先輩は俺の腕を引っ張った。されるがまま、俺はうつぶせの体勢になる。

「豚。懺悔なさい」

雪菜先輩はニーソックスで包まれた足で、俺の背中をぐりぐりと踏《ふ》んだ。

「ぐおっ……こ、これは……！」

女子高生に踏まれるだなんて……くっ！　なんて背徳的なシチュエーションなんだ！

「ねぇ、啓太くん。女の子に踏まれる気分はどう？」

「い、痛いです……」

「嘘ね。気持ちよさそうな顔でこちらを見ないで。吐き気《け》がするわ」

雪菜先輩はゴミを見るような目で俺を見下し、なおも踏み続ける。

「啓太くん。私にどうしてほしいか言いなさい」

「ふ、踏むのをやめてほしいです……っ！」

「正直に女子高生の生足で踏んでほしいと言いなさい。この快楽主義のオス豚が！」

「そこまで変態じゃないけど⁉」

病人をドM調教するの、やめてもらっていいですか？

「……まぁいいわ。病人だから、これくらいにしてあげる」

雪菜先輩は渋々《しぶしぶ》俺を解放し、顔を近づけた。

「今度私の胸に触《ふ》れたら殺すわよ。いいわね？」

あまりの迫力《はくりょく》に負けた俺は、怯《おび》えて首を縦に振る。

「私はもう帰るわ。せいぜい栄養のある食事を取ることね」

最後は微妙《びみょう》に優しさをみせて、雪菜先輩は部屋を出ていった。

とんでもないことをしてしまった。二日連続でラッキースケベはマズい。雪菜先輩、怒っているだろうなぁ。

……そろそろ例の時間か。

俺は病気の体に鞭《むち》を打ち、壁に耳をぴたっとつける。

『やっちゃったぁ……またやっちゃったよぉぉぉぉ！』

隣の部屋から、雪菜先輩の定型句が聞こえてきた。

『病人を踏むとかないよ！　ドSどころか鬼畜《きちく》じゃん！　私なんか器物損壊罪《きぶつそんかいざい》でおまわりさんに逮捕《たいほ》されちゃえばいいんだぁぁぁ！』

いや勝手に追い込まれすぎ！　今回も俺が悪かったんで、そんなに自分を責めないで！

それと器物損壊はひどくない!?　俺を物扱《あつか》いしないでよ！

『啓太くん、すごく辛《つら》そうだった……ごめんね、啓太くん。次に看病するときは、優しくお世話するからね。えっちぃのは無理だけど……ひざ枕《まくら》くらいならしてあげちゃおうかな。栄養満点のご飯もつくってあげたいなぁ。啓太くん、喜んでくれるといいんだけど……スプーンで『あーん』しちゃったりして。えへへ』

雪菜先輩のデレはどんどん加速していく。

……ちょっと叫んでもいいかな？

雪菜先輩可愛すぎだろぉぉぉぉぉ！

はいはーい、優しくお世話されたいです！　ナース服姿の雪菜先輩に「今日だけは啓太くん専属の看護師だぞ?」って言われたいです! 「お注射がまんできる強い子はだれかなー?」って甘《あま》やかされたいです!

でも、ひざ枕は苦手だな。眠れない可能性が高いから。

何故《なぜ》かって? ひざの上から雪菜先輩をずっと眺《なが》めていたいからだよ! 見つめ合って照れ笑いして「啓太くん、何笑ってるのー?」「いやお前こそ」みたいなバカップルごっこしたいんじゃい! 甘々イチャイチャしたいんじゃいッ!

……などと叫ぶと雪菜先輩に聞こえてしまうので、俺はその場でジタバタ悶えるしかない。

『啓太くん、ずっと風邪ならいいのに……って、それは違うかー』

雪菜先輩の一人ボケツッコミに、おもわずニヤけてしまう。

これがあるから、雪菜先輩は憎めない。

「雪菜先輩。そのギャグはあまり面白くないです」

壁の向こうにいる雪菜先輩にダメ出しした。

もちろん、彼女に聞こえると困るから小声でね。

【雪菜先輩は新譜《しんぷ》が聴《き》きたい】


耳に心地《ここち》よいギターリフ。攻撃的《こうげきてき》なベース。砕《くだ》け散《ち》るシンバルの音。そして、心に染《し》みるファルセット。

「トラモンの新曲、最高だぜ……！」

自室でイヤホンから流れる曲を聴きながら、俺は感嘆《かんたん》した。

トラモン――正式名称は『トラッシュ・モンスター』。今人気急上昇《きゅうじょうしょう》中のロックバンドだ。

今日はトラモンの新曲の発売日。俺は学校の帰りにCDショップに立ち寄り、お目当ての物を購入《こうにゅう》した。

「かっこいいよなぁ、トラモン……」

リピート再生して聴き入《い》っていると、ドアの開く音がした。きっと雪菜先輩だ。

「どうぞー」

片耳だけイヤホンを外して返事をすると、雪菜先輩は入室した。

「お邪魔《じゃま》するわ……あら。音楽鑑賞《かんしょう》とは珍《めずら》しいわね。何を聴いているの？」

「トラモンの新曲です」

「ト、トラモンの⁉」

しゅたたたっ！

雪菜先輩は高速はいはいで俺に急接近してきた。どんなテンションだよ。

「啓太くん！　それ今日発売のシングル⁉」

「そ、そうですけど……雪菜先輩もトラモン好きなんですか？」

「大ファンよ。実家暮らしのときは、ママとよくライブに行っていたわ」

そうだったのか。共通の趣味《しゅみ》が見つかって、なんだか嬉しい。

「俺も好きなんですよ。雪菜先輩はまだ新曲買ってないんですか？」

「……今月生活費がピンチなの。仕送りを待たないと買えないのよ」

雪菜先輩は恨《うら》めしそうに俺を睨んだ。いや、そんな目で見られても困るんですけど。

「……ねぇ、啓太くん。相談があるのだけど」

雪菜先輩は少し言いにくそうに話を続けた。

「私にもトラモンの新曲を聴かせてくれないかしら？」

「えっ？」

まさかあの雪菜先輩が俺にお願いをするとは……よほどトラモンが好きなんだな。

もちろん、俺は雪菜先輩の頼《たの》みを快諾《かいだく》……いや待てよ？

俺は今、人生で初めて雪菜先輩より優位な立場にいる。このチャンスを棒に振るわけにはいかない。

「啓太くん。いいわよね？」

「えぇー。どうしようかなぁ？」

「なっ……飼い犬の分際で主人に噛みつく気？　そんな駄犬に調教した覚えはないわよ」

「いいんですか？　そんな生意気な口をきいて。新曲、聴きたいんでしょ？」

「ぐぬぬっ……！」

雪菜先輩は矛《ほこ》を収めてちょこんと正座した。可愛《かわい》い。

「啓太くんの魂胆《こんたん》はわかったわ。新曲を聴きたいのなら、全裸で土下座しろと？」

「発想が斜《なな》め上《うえ》すぎるわ！」

「ただし、全裸といってもニーソックスは履かせたまま……そうなんでしょ、この変態！」

「そんなマニアックなこだわりないけど!?」

「ふん。あなたから辱めを受けるくらいなら、私は死を選ぶわ」

雪菜先輩は「くっ、殺せ！」と叫んだ。どこの異世界の女騎士《きし》だよ。

「何一人で追い込まれてるんですか。そんなエッチな要求しませんよ」

「では、見返りは何？」

「俺をデートに誘《さそ》ってください」

「デ、デート？」

「はい。トラモンのライブでも食事でも何でもいいです。俺を遊びに誘ってください。ただし……毒舌は禁止です」

雪菜先輩から毒舌を奪《うば》えば本音が残る。つまり、雪菜先輩はデレ状態でデートに誘うことになるのだ。

ククク……我ながら恐《おそ》ろしい作戦を閃《ひらめ》いたものだ。

さぁ、雪菜先輩！　恥ずかしそうにデートを申し込みなさい！　ふはははは っ！

「なん……ですって？」

事の重大さに気づいたらしい。雪菜先輩の眉《まゆ》がぴくぴくと痙攣《けいれん》している。

「できますよね、雪菜先輩。後輩《こうはい》を食事に誘うだけですよ？」

「それはそうだけど……」

「言えないんですか？」

「い、言えるわよ！」

「じゃあ早く言ってみてください」

「け、啓太くん。私と、しょ、しょく、しょしょしょしょしょ……ぅぅぉおっ！」

雪菜先輩は血涙《けつるい》を流しながら唇《くちびる》を噛んだ。いやどんだけ本音言いたくないんだよ！

「むむっ……啓太くんのクセに私に命令しないで！　生意気よ！」

雪菜先輩は俺がさっき外した片方のイヤホンを奪い、耳に入れた。

「あっ！　雪菜先輩ずるい！」

「おだまり。下僕《げぼく》の物は私の物よ」

それガキ大将の言い分じゃないですかやだー……。

「ふんふんふーん」

雪菜先輩は隣で嬉しそうに音楽を聴いている。

くっ！　こんな幸せそうな顔をされたら、怒るに怒れない！

でも……雪菜先輩の無邪気《むじゃき》な顔、初めて見たかも。やっぱり可愛いな……いや待てよ？

肩《かた》を寄せ合い、イヤホンをシェアしているこの状況《じょうきょう》って……。

「俺たち、恋人《こいびと》みたいじゃん……あっ」

しまったぁぁ！　うっかり心の声が口に出ちゃったぁぁ！

雪菜先輩はイヤホンを外し、冷めた目で睨んだ。

「最低。また私を彼女に見立てて妄想《もうそう》していたの？」

「ち、ちがっ」

「頭の中、えっちなことでいっぱいなのね。へ・ん・た・い」

ぞくぞくっ。

雪菜先輩は生温かい吐息《といき》を俺の耳に吹《ふ》きかけた。

「雪菜先輩……何するん、ですかっ……！」

「お仕置きが必要ね。今日はその真っ赤になった耳にしてあげるわ」

「耳にお仕置きって……うおっ！」

雪菜先輩は立ち上がり、俺を突《つ》き飛ばした。

倒れた俺をまたぐようにして立ち、そして……。

もぞもぞ。

ふみふみ。

雪菜先輩は足の裏で俺の耳を踏んできた。

「あっ、ゆ、雪菜先輩……」

「物欲《ものほ》しそうな顔でこちらを見ないでくれる？　もっといじめたくなってしまうわ」

「いやそんな顔してないから！」

「その割には顔が赤いようだけど？」

顔が熱いのは自分でもわかるけど、耳を踏まれて興奮しているからではない。下から雪菜先輩を見上げるこの位置関係に問題があるのだ。

ここからだとなぁ……雪菜先輩のパンツが見えちゃうんだよぉぉ！

「ゆ、雪菜先輩！　今すぐそこをどいてください！」

「謝《あやま》り方も知らないの？　教えてあげる。『雪菜先輩でスケべな妄想をした豚です。もっと踏んでください』と言うのよ」

ドSスイッチの入った雪菜先輩はお仕置きをやめない。くっ、色は白か……っ！

「は？」

「雪菜先輩、どいてください！　その……み、見えちゃってるんです！」

雪菜先輩は一瞬《いっしゅん》固まったが、俺の意図することがわかると、慌ててスカートを押さえた。

「……見たの？」

「は、はい……」

肯定《こうてい》してしまった。もうお仕置きでは済まない。よくて半殺しだろう。

そう思ったのだが、雪菜先輩はぼそっと一言。

「……私、もう帰る」

「えっ？」

「帰るのっ！」

「あっ、ちょっと！」

雪菜先輩は一目散に逃《に》げだした。暴力は想定していたが、逃亡《とうぼう》は予想外だ。

まさか……家から凶器《きょうき》を持ってくるための一時的な帰宅じゃないだろうな？

「さすがに照《て》れ隠《かく》しでそこまでやらないか……たぶん。きっと。おそらくは」

ドキドキしつつ、俺は壁に耳をぴたっとつけた。

『やっちゃったぁ……またやっちゃったよぉぉぉ！』

隣の部屋から、雪菜先輩のデレタイムの狼煙《のろし》が上がった。

『啓太くんにパンツ見られた……恥ずかしいぃぃぃ！　もっと可愛いヤツを穿《は》いとけばよかったよぉぉぉ！』

そこなの⁉

というか、可愛いヤツも持っているんですね……ごくり。

『今日に関しては啓太くんが悪いんだからね！　私のパンツ見てくるし……視線をそらしてくれてもいいじゃん。啓太くんのいじわる。でも……二人で肩を寄せ合ってイヤホンをシェアしてたの、本物の恋人みたいだったな。冬になったら、一つのマフラーを二人でシェアしたりして……なんてね』

雪菜先輩は『私もたいがい妄想好《もうそうず》きだなぁ。啓太くんとおそろいだ。えへへ』と笑った。

……ちょっと叫んでもいいかな？

雪菜先輩可愛すぎだろぉぉぉぉぉ！

何勝手に俺と雪菜先輩がマフラーシェアすることになってんだよ！　何それめちゃくちゃいいじゃん！　制服のポケットの中で手を繋《つな》ぐっていうオプションもつけようよ！

いいね、盛り上がってきたね！

皆《みな》の者！　今夜は妄想祭りじゃあああッッ！

……などと叫ぶと雪菜先輩に聞こえてしまうので、俺はその場でジタバタ悶えるしかない。

『啓太くんと思い出もたくさんシェアしたいなっ』

雪菜先輩の弾《はず》む声に、おもわず頬《ほお》が緩《ゆる》んでしまう。

これがあるから、雪菜先輩は憎めない。

「たくさん思い出作りましょう……って、まずは恋人になってください」

壁の向こうにいる雪菜先輩にツッコミを入れる。

もちろん、彼女に聞こえると困るから小声でね。

【雪菜先輩《せんぱい》は後輩に嫉妬《しっと》する】


アパートの前まで行くと、そこには制服姿の女の子がいた。

茶色のショートボブ。小動物のようなくりくりした瞳《ひとみ》。子どもっぽい顔に似合わず、見事に成長した大人の胸。

間違《まちが》いない。同じ高校に通う後輩の田井中樹里《たいなかじゅり》だ。

「あ！　啓太せんぱーい！　遅《おそ》いっすよー！　待ちくたびれましたっす！」

樹里は大げさに手を振った。彼女の動きに合わせて、たわわに実った胸の果実も揺れる。

「どうした樹里。俺《おれ》に何か用か？」

「大事な用事があるんすよー。せんぱい！　ウチと一緒に遊びましょう！」

「それのどこが大事なんだよ」

「大切なことっす。学生の本分は遊びっすからねー」

なははー、と樹里は快活に笑った。

樹里とは中学からの付き合いだ。当時、俺は柄《がら》にもなく生徒会の副会長を務めていたのだが、そのとき樹里は書記をやっていた。

「俺以外にも友達いるだろ。その子たちと遊んで来いよ」

「だってぇ、友達といてもつまんないんすもん。なんかこう、窮屈《きゅうくつ》というか……素《す》の自分ではいられないというか」

その気持ちは、なんとなくわかるかもしれない。

樹里は自分にも他人にも正直で素直《すなお》だ。誰《だれ》とでも平等に接するし、裏表もない。自分の価値観と感情に従って行動する。

しかし、ときにその性格は周囲との軋轢《あつれき》を生む。空気を読まずに、自分が正しいと思ったことを言ってしまうからだ。

結果として、樹里のような異端児《いたんじ》は集団から疎《うと》まれる。

端的《たんてき》に言って、樹里はクラスで浮《う》いていた。

それでも樹里は、素の自分を押し殺《ころ》す努力をして、なんとか友達をつくった。

中学時代、樹里が友達数人と下校しているのを見たことがある。そのとき、樹里は無理して仲間の輪に溶《と》け込もうと頑張《がんば》っていたっけ。

樹里のそういう難儀《なんぎ》な性格を知っているため、俺は樹里のありのままを受け入れている。

自分らしくいられないなんて可哀《かわい》そうだしな……こんなに懐《なつ》かれるとは思わなかったけど。

「なるほどな。で、ウザ絡《がら》みしても拒否《きょひ》らない俺のところに来たわけか」

「あー、ひどいっす！　慕《した》う後輩をウザいだなんて！」

「あはは。悪かったよ。最近レースゲームを買ったんだ。ちょっとやってくか？」

「マジっすか！　音ゲーはないんすか？」

「え。いやないけど……」

「しょうがないっすねぇ。じゃあレースゲームで我慢《がまん》するっす」

樹里は「だめっすよー、後輩の好みくらい把握《はあく》しておかないと」とやれやれ顔で言った。

なんだこいつ。態度と乳デカいんですけど。

「なははっ！　ひさしぶりに啓太せんぱいと遊べて嬉しいっす！　よーし、今日はゲームで夜を明かすぞー！」

樹里は笑顔《えがお》でそう言った。いやさすがに夜は帰れよ？

「ただいまー」

帰宅した瞬間《しゅんかん》、殺意の波動を感じる。

おそるおそる部屋の中を確認《かくにん》すると、雪菜先輩が仁王立《におうだ》ちをしていた。

「そちらのクソアマ……もとい女性は？」

雪菜先輩が冷たい声音《こわね》で俺に尋《たず》ねた。

ヤバい。なんかめっちゃキレてるよ、この人。

「この子は後輩の田井中樹里です。暇《ひま》という理由でうちに遊びに来ました」

「そう。啓太くんは暇な女の子を家に連れ込むのね。死ねばいいのに」

「言い方に悪意を感じるんですが……」

「私に口ごたえするの？　どうでもいいけど、臭《くさ》い息を吐《は》きかけないでくれる？」

雪菜先輩はいつも以上の毒舌《どくぜつ》で俺を責めた。いかん。完全にご機嫌《きげん》ナナメだ。きっと俺が知らない女の子を連れてきたことにご立腹なのだろう。

ならば、俺と樹里がただの友達ということを理解してもらうしかない。

頭の中で作戦を練っていると、樹里が騒《さわ》ぎ始めた。

「おおー！　啓太せんぱい、この美人さん誰っすか！　紹介《しょうかい》してくださいよ！」

「落ち着け、ばか。今いろいろ考えている最中なんだよ」

「あぁー！　ばかって言ったぁ！　なんでそういうひどいこと言うんすか！」

がしっ。

樹里が俺の左腕《ひだりうで》に抱《だ》きついてきた。

瞬間、怒《いか》りに震える雪菜先輩の額に血管が浮き出《で》る。鬼《おに》だ、鬼がいるぞ！

「やめろ！　離《はな》せ、ばか！　くっつくな！」

「またばかって言った！　サイテー！　発言を撤回《てっかい》するまで離さないっす！　えいっ！」

樹里はよりいっそうくっついてきた。

むにゅう。

左腕が柔らかい感触に包まれる。

何事かと思い、確認する。

俺の左腕には、樹里のおっぱいが押しつけられていた。しかも、形が変わるほど強く。

「ぎゃあああああ！　じゅ、樹里！　当たってるから！　離せって！」

「いやっす！　啓太せんぱいがウチのこと『可愛い後輩』って言ってくれるまで離さないっす！」

お前ぇぇぇぇぇ！　マジ空気読めぇぇぇぇぇぇ！

雪菜先輩の前でイチャイチャするな。先輩の顔見てみろよ。金剛力士像《こんごうりきしぞう》かと思ったわ。

「啓太くん。下僕の分際で私に喧嘩《けんか》を売ろうというの？」

「ち、違いますよ、雪菜先輩！　樹里はただの後輩で、今日はゲームしたら帰らせますから！　な、樹里。ゲームで遊んだら帰るよな？」

「啓太せんぱい、話が違うっす！　今日は夜明けまでウチと付き合ってくれるんじゃないんすか⁉」

お前それ地雷《じらい》ぃぃぃぃぃぃ！

樹里のアホ！　今の発言、俺の部屋に一泊《いっぱく》するって言ったようなもんじゃねぇか！

殺気を感じて振り向《む》くと、雪菜先輩と目が合った。

「啓太くん。その子を部屋に泊《と》める、ということかしら？」

雪菜先輩が碁石《ごいし》のような黒い目で俺を睨《にら》んだ。

さすがの樹里も殺意の波動を感じたのか、俺から離れてぷるぷると震えだした。

「そう。いいわ。樹里ちゃんと夜通しイチャイチャすればいいじゃない」

「雪菜先輩！　それは誤解で……」

「私の下僕とはいえ、性欲の管理まですするつもりはないわ……二人で仲良くどうぞッ！」

すぱぁぁん！

雪菜先輩はムエタイ選手を思わせる鋭《するど》い蹴《け》りを俺のケツにお見舞《みま》いした。包丁でケツ刺《さ》されたのかと錯覚《さっかく》するくらい痛い。

「じゃあね。私、帰るから……樹里ちゃん。マタ会イマショウネ？」

雪菜先輩は樹里を射殺《いころ》すように睨んだ後、大股《おおまた》で部屋から出ていった。

「あ、あのー……啓太せんぱい。なんかすみませんでしたっす」

樹里は謝りつつ、俺のケツをいたわるように擦《さす》った。そういう優しさはいらないし、人様のケツをふんわりなでるな。

「……悪いな、樹里。今日のところは帰ってくれ。埋《う》め合《あ》わせは必ずするから」

「なはは－、仕方ないっすね。駅前に新しくできたカフェで手を打ちましょう」

「わかった。今度おごるよ」

「やったっす！」

樹里は小さくガッツポーズをした。

「それじゃあ、お大事にっすー！」

樹里は手を振りながら退室した。

さて。そろそろ例の時間だ。

俺は部屋の隅《すみ》に移動して、壁に耳をぴたっとつけた。

『やっちゃったぁ……またやっちゃったよぉぉぉぉ！』

隣の部屋から、雪菜先輩の自分を呪《のろ》う声が聞こえてきた。

『嫉妬丸出しで八つ当たりしちゃった……ああ、もう！　私ったら精神年齢《ねんれい》おさなすぎっ！　あの中で一番年上なのに、一番子どもじゃん！　子どもＪＫじゃん！』

なんですか、子どもＪＫって。幼児退行した雪菜先輩ってこと？　可愛いので俺が保護者になってもいいですか？

『強力なライバルも出現しちゃったし……樹里ちゃん、素直そうで可愛い子だったな。ただの後輩だって言ってたけど……啓太くんはああいう素直な子が好きなのかな？　そうだよね。私みたいなあまのじゃく、好きなわけないよね……って、弱気になっちゃダメ！　啓太くんと私はゲームしてイチャイチャした仲なんだから！　ふふーん、だ。私のほうが一歩リードしてるもんね』

雪菜先輩は『啓太くんは私のお願いを何でも聞いてくれるんだからっ』と、得意気に言った。

……ちょっと叫《さけ》んでもいいかな？

雪菜先輩可愛すぎだろぉぉぉぉぉ！

まず嫉妬する時点で可愛い！　きゅんとする！　もう花丸あげちゃう！　たいへんよくできました！

そして樹里に対抗《たいこう》意識を燃やして『私のほうが啓太くんと仲いいんだからね！』とアピールする姿勢も可愛い！　やめて、二人とも！　俺を取り合わないでぇー！

安心してくれ、雪菜先輩！　あなたが樹里に負けているところは、素直さと胸くらいしかない！　他はあなたの圧勝ですから！　ゆー・あー・ちゃんぴおん！

……などと叫ぶと雪菜先輩に聞こえてしまうので、俺はその場でジタバタ悶えるしかない。

『樹里ちゃんに負けないように、私も可愛くならなきゃ！』

雪菜先輩のピュアな決意に、おもわず鼻血が出た。

これがあるから、雪菜先輩は憎《にく》めない。

「雪菜先輩。あなたがこれ以上可愛くなったら、俺はもう死んじゃうかもしれない」

壁《かべ》の向こうにいる雪菜先輩にデレてみた。

もちろん、彼女《かのじょ》に聞こえると困るから小声でね。

【雪菜先輩は映画デートしたい】

帰宅すると、部屋には雪菜先輩がいた。制服の上からエプロンを着ている。また掃除《そうじ》に来てくれたのだ。

……よし。『あれ』に誘うチャンスだ。

内心では心臓バクバクの俺だったが、平静を装って挨拶《あいさつ》した。

「雪菜先輩。いつも掃除ありがとうございます」

「別に。ただの恩返しよ」

「そ、そうですか。あはは……」

「どうしたの、啓太くん。今日は挙動不審《きょどうふしん》ね。警察にでも追われているの？」

「そんなわけないでしょ……って通報しようとしないで！」

スマホを取り出した雪菜先輩を慌てて制した。あぶねぇ。冤罪《えんざい》で捕《つか》まるところだった。

「だったら、どうして落ち着きがないのかしら」

「そ、それは……」

「……怪《あや》しいわね。とっととゲロって楽になりなさい」

雪菜先輩は俺に顔を近づけて問《と》い詰《つ》めてきた。

俺が緊張《きんちょう》しているのには理由がある。

俺の右手には映画のチケットが二枚握《にぎ》られている。巷《ちまた》で泣けると評判の恋愛《れんあい》映画で、このチケットはたまたま知人から貰ったものだ。

せっかく二枚あるから、雪菜先輩を誘おうと思うんだけど……それってもはやデートのお誘いじゃん？　そう思うと、なかなか勇気が出ない。

しかもこのチケット、カップル割引のチケットなのだ。誘いにくいことこの上ない。

とはいえ、悩《なや》んでいても仕方がない。俺は思い切って雪菜先輩にチケットを見せた。

「あの、雪菜先輩！　よかったら、俺と一緒に映画を観《み》に行きませんか？」

言った。言ってしまった。何気にデートに誘うのは人生初だったりする。

雪菜先輩はチケットを見て顔をしかめた。

「啓太くん。これ、カップルじゃないとダメなのよね？」

「は、はい。できたらカップルを装っていただけると……」

「ふぅん。私と恋人気分を味わいたいの？」

『はい』とも『いいえ』とも言えない。俺は黙《だま》ってうつむいた。

「そうね……『好きです。雪菜先輩の恋人にしてください』と言えたら、特別に映画を観てあげてもいいわ」

「えっ⁉」

がばっと顔を上げると、雪菜先輩は意地の悪い笑《え》みを浮かべていた。

これは……千載一遇《せんざいいちぐう》のチャンス！

一緒《いっしょ》に映画を観られるどころか、相手に好意を伝えることができるぞ！

雪菜先輩。どうせヘタレな俺には言えないと思っていますね？

残念でした。俺はやるときはやる男です。この恋《こい》のビッグチャンスを逃《のが》すわけがないでしょう！

俺はゆっくりと口を開いた。

「す、すすすす……っ」

「……す？」

「すっ……すぅ……スライムって集まると合体するらしいですよ？」

好きって言えねぇぇぇぇぇっ！

ああ、そうだよ！　俺はヘタレだ！　面と向かって告白できるくらいなら、映画に誘うくらいで緊張しねぇよ、チクショウ！

「情けない男ね。冗談《じょうだん》でも女の子を口説けないなんて。とんだヘタレ芋野郎《いもやろう》だわ」

げしげし。

雪菜先輩は俺のスネを蹴りながら罵倒《ばとう》してきた。返す言葉もございません。

「映画はあなたのお母様でも誘いなさい。マザコンにはお似合いだわ」

「マザコンちゃうわ！」

雪菜先輩に抗議《こうぎ》したとき、インターホンが鳴った。

こちらの反応を待たず、ドアが開く。

「ちぃーす！　啓太せんぱい、今度こそ遊びにきたっすー！」

「なんだ樹里か……って、勝手に入るなよ。インターホンの意味ないだろ」

「なははっ。いいじゃないっすかー。先輩とウチの仲なんすから」

「……来たわね。おっぱいお化け」

雪菜先輩はへらへら笑う樹里を睨みつけた。

「あなた、啓太くんの後輩らしいわね？」

「はいっす。樹里っていいます」

「樹里ちゃん。啓太くんは私の下僕なの。私の目の届かないところで勝手に遊ばないように。いいわね？」

牽制《けんせい》する雪菜先輩だったが、能天気な樹里には通じない。

「なるほどー。じゃあ、雪菜せんぱいも一緒だったら遊んでいいんすか？」

「え？　わ、私も？」

「雪菜せんぱいもゲームやりましょう！　なんかレースゲームあるらしいっすよ！」

「……私、あれ嫌《きら》い」

「マジっすか！　じゃあ、野球ゲームにしましょう！　啓太せんぱい、おねしゃす！」

「おねしゃす、じゃねぇよ。というか、うちに野球ゲームないから」

「えー。なんでないんすかぁ。空気読んでくださいよぉー」

唇を尖《とが》らせてブーイングする樹里。いや空気読めてないのはお前だけどね？

「じゃあ、なんのゲームならあるんすか……うん？」

樹里は俺が持っている映画のチケットを見て目を輝《かがや》かせた。

「おぉー！　これ映画のカップル割引のチケット！　お二人で観に行くんすか？」

空気読めぇぇぇぇぇ！

なんなのお前。無邪気に笑いながら、人の傷口に塩を塗《ぬ》らないでくんない？

「ねぇねぇ！　どうなんすか、雪菜せんぱい！」

「いいえ。行かないわ」

「そうなんすね。じゃあ、ウチが啓太せんぱいと行くっす！」

「は？」「え？」

俺と雪菜先輩の驚《おどろ》きの声がシンクロした。

「ちょ、ちょっと樹里ちゃん。正気なの？　これ、カップル割引なのよ？」

「カップルを装えばいいんすよね？　館内で手を繋げばオッケーっすか？　こんな感じで」

樹里は俺の手を握った。しかも指を絡《から》ませた恋人繋《こいびとつな》ぎだ。

「なははは。啓太せんぱいって肝《きも》っ玉《たま》小さいのに、手はおっきいっすね。ウケる」

「お前いい加減はっ倒《たお》すぞ……ん？」

ふと視線を感じる。雪菜先輩が俺を睨んでいた。

「……随分《ずいぶん》と楽しそうね」

「え？　い、いや別に……」

「これは没収《ぼっしゅう》するわ」

ひょいっ。

雪菜先輩は映画のチケットを奪った。

「あっ……な、なんで雪菜先輩が！」

「別に。好きな人を誘って観に行こうかなって」

「え？」

さらっと問題発言が飛びだした。

雪菜先輩には好きな人がいる……？

そんな……じゃあ俺のことは別に好きじゃなかったんかい……。

「私は帰るわね。それじゃあ」

雪菜先輩は俺と樹里を残して退室した。

「雪菜せんぱぁぁぁい……なんで俺と観に行ってくれないんですかぁぁぁ……」

落ち込んでいると、樹里が俺の肩にぽんと手を置いた。

「失恋《しつれん》しちゃったっすね！　まぁ元気だせっす！」

「軽いな、ちくしょう！　そもそも、こうなったのはお前のせいだぞ！」

「ええっ⁉　なんでっすかぁ！　啓太せんぱいがチキンだったからじゃないっすか！」

「あぁ？　そうだけど、それが何か問題あんの？」

「まさかの逆ギレっすか⁉　せんぱいダサいっす！」

ダ、ダサいって言われた……うわぁぁぁん！　俺、正論でフルボッコしてくる人キライ！

「樹里！　お前もう帰れ！　ゲームはまた今度だ！」

「ええー！　楽しみにしてたのにー！」

「いいから！」

「あ、ちょ、せんぱ――」

がちゃ。

俺は強引《ごういん》に樹里を追い出し、鍵《かぎ》をかけた。

ううっ。雪菜しぇんぱぁい……俺以外の男と映画観に行かないでぇ……。

俺は半べそをかきながら、壁に耳をぴたっとつけた。

『やっちゃったぁ……またやっちゃったよぉぉぉ！』

隣《となり》の部屋から、雪菜先輩のプリティボイスが聞こえてきた。

『また嫉妬しちゃったよぉ！　樹里ちゃんと啓太くん、イチャイチャしすぎなんだもん！　ううっ、目の前で手なんて繋がないでよ……啓太くんのばか』

……え？

それってつまり、雪菜先輩は俺のことを……？

じゃあ、好きな人を誘うっていうのは嘘《うそ》だったの？

『だいたい、啓太くんが悪いんだもん。私のこと、嘘でも「恋人になってください」って言ってくれないから。言ってくれたら、カップルになれたのに……えへへ。一日限定でも嬉《うれ》しいな。今度は私から啓太くんを映画に誘ってみようかな……このチケットで』

雪菜先輩は『ただし「恋人になって」は言ってあげないんだからね！』と付け足した。

……ちょっと叫んでもいいかな？

　雪菜先輩可愛すぎだろぉぉぉぉぉ！

　啓太くんが悪いんだもん、だってさ！　可愛すぎか！　録音して毎朝の目覚ましボイスに設定したいわ！　幸せすぎて絶対に起きられないけどな！

　それと「恋人になってください」って言えなくてごめんね！　でも、しょうがない！　だって俺たち恥《は》ずかしがり屋《や》じゃん！　壁越《かべご》しでしかイチャイチャできない不器用コンビじゃん！　ゆっくり距離《きょり》縮めていこうよ！　ね？

　だけど……「恋人になって」は言ってくれぇぇぇ！

　頬を赤らめて、もじもじしながら言ってくれぇぇぇ！

　……などと叫ぶと雪菜先輩に聞こえてしまうので、俺はその場でジタバタ悶《もだ》えるしかない。

『樹里ちゃんに負けないようにアピールしなきゃね！　明日もがんばるぞー！』

　雪菜先輩の健気《けなげ》さに、おもわずじーんとくる。

　これがあるから、雪菜先輩は憎めない。

「雪菜先輩。圧倒的《あっとうてき》大差で樹里の敗北ですから安心してください」

　壁の向こうにいる雪菜先輩を励《はげ》ました。

　もちろん、彼女に聞こえると困るから小声でね。

【雪菜先輩は寝言《ねごと》がニャンタジー】

帰宅すると、制服姿の雪菜先輩が俺のベッドの上で寝《ね》ていた。すやすやと穏《おだ》やかな寝息《ねいき》を立てている。普段《ふだん》は冷たい表情も、寝顔《ねがお》は無垢《むく》で柔《やわ》らかい。

雪菜先輩の胸が静かに上下しているのを見て、おもわずドキッとする。

「というか、この状況ってマズいんじゃゃ……」

思春期真っ盛りの男の部屋で、無防備に寝る制服姿の女子高生……完全にアウトだろ。

雪菜先輩、もう少し危機管理してください。俺がクズだったら、寝ている雪菜先輩にあんなことやこんなことしちゃうかもですよ？

「まぁ無防備なのは、俺への信頼《しんらい》の裏返しだとは思うけど……」

それはそれで嬉しいかも……いかん。ついニヤけてしまった。

「うーん……」

雪菜先輩は小さく声を漏《も》らした。やばっ、起こしちゃったかな？

「啓太くーん……そこは触《さわ》っちゃダメだってばぁ……むにゃむにゃ」

雪菜先輩は幸せそうな顔でそう言うと、再び寝息を立てた。

今、寝言で「そこは触っちゃダメ」って……まさかエッチな夢か!?　夢の中で俺と雪菜

先輩は恋人《こいびと》同士なのか⁉

「雪菜先輩は今、夢で俺とイチャイチャしている……？」

何それずるい！　俺もその夢見たいんですけど！

悔《くや》しくてその場で地団駄《じだんだ》を踏《ふ》むと、雪菜先輩がごろんと寝返《ねがえ》りを打った。

「うーん……あっ、あっ、啓太くん、ダメぇ……触っちゃ、いやぁぁっ……！」

雪菜先輩のスケベ声に、おもわず背筋がピンと伸《の》びた。

夢の中の俺ぇぇぇ！　雪菜先輩のどこを触ってやがる！　感触《かんしょく》とか詳《くわ》しく教えてくれ！

「むにゃむにゃ……触っちゃダメぇ、啓太くん……その封魔石柱《ふうませきちゅう》に触《ふ》れると魔力《まりょく》が暴走し、世界は猫《ねこ》ちゃんに支配されてしまうわ……むにゃむにゃり」

気になるー！　どんな夢を見てるのか、めちゃくちゃ気になるー！

なんだよ、封魔石柱って。完全にファンタジーじゃん。いや猫が出てくるからニャンタジーか……ってどうでもいいわ！

「ふみゅぅ……」

雪菜先輩がもぞもぞと足を動かすと、スカートがわずかにめくれ上がった。白くてまぶしい太ももに、自然と視線が吸い寄せられる。

そのまま視線を上げると、見えそうで見えない魅惑《みわく》の三角ゾーンが……って、ガン見し過ぎだろ俺！　無防備な女の子相手に何をしているんだ！

「見ちゃダメだ……見ちゃダメだ見ちゃダメだ見ちゃダメだ……！」

そう自分に言い聞かせ、再び視線を雪菜先輩の寝顔に戻《もど》す。

ふふっ。普段はクールな表情だけど、意外と子どもっぽい寝顔で可愛《かわい》い……あれ？　雪菜先輩の顔に何かついている。

「雪菜せんぱーい。ほっぺたに糸クズついてますよー」

片手をベッドにつき、もう片方の手を雪菜先輩の頬《ほお》に伸ばす。

そのときだった。

「うーん……っ！」

雪菜先輩のまぶたがバチッと開いた。

目と目が合う。雪菜先輩は不安気に肩《かた》をビクッと震《ふる》わせた。

女の子の顔に手を伸ばし、覆《おお》い被《かぶ》さるようなこの体勢はマズい！

「雪菜先輩！　違《ちが》うんです、これは……」

「きゃあああっ！」

「お、落ち着いて！　俺はただ、雪菜先輩の顔についている糸クズを――」

「こっちに来ないで、ケダモノぉぉ！」

雪菜先輩は一心不乱に足を振《ふ》り上《あ》げた。

ずちゅん。

雪菜先輩の足が俺の股間《こかん》に深く沈《しず》む。

「くぅぅぅぅん……な、なんでこうなるのぉぉぉ……！」

タマタマが響《ひび》いて痛いよぉぉ……お股《また》で除夜の鐘《かね》鳴らしたみたいな衝撃《しょうげき》だよぉぉぉ……。

「最低っ！　見損《みそこ》なった！　啓太くんなんて大嫌《だいきら》い！」

「ぐおっ！」

雪菜先輩は俺を突《つ》き飛《と》ばし、部屋を飛び出した。

「え、待って……俺、何も悪くないよね？」

雪菜先輩が寝ぼけただけ。股間を蹴られる理由もなければ、嫌われる理由もない。

「はぁ。雪菜先輩が冷静になるまで待つしかないか」

落ち着けば、きっと誤解も解けるだろう。

未《いま》だに響く股の痛みをこらえて、俺は壁に耳をぴたっとつけた。

『やっちゃったぁ……またやっちゃったよぉぉぉ！』

隣の部屋から、雪菜先輩の萌《も》え声が聞こえてきた。

『啓太くんのアソコ蹴っちゃったぁぁ！　ふにゃってした感触で、しかも生温かくて、正直最悪の蹴り心地《ごこち》！　すごく気持ち悪かったよぉぉぉ！』

あんれぇぇぇ⁉　あの人キンタマ蹴った感想しか言ってなくない⁉

そうじゃないでしょ、雪菜先輩。さっきのは誤解だったって早く気づいて！

『あ。鏡見たら顔に糸クズ……ていうか、完全に思い出した！　私、啓太くんのベッドの上で寝ちゃったんだ！　それで啓太くんが帰ってきて……もしかしたら、啓太くんは私の顔についた糸クズを取ろうとしてくれたのかも……啓太くん、本当にごめんなさいっ！』

やっと気づいてくれましたか。

大丈夫《だいじょうぶ》ですよ、雪菜先輩。誤解さえ解ければいいですから……あ、でも一つだけいいですか？　二度と股間は蹴り上げないでください。

『だけど、私の寝顔を見たのはずるいよ。ヨダレ、出てなかったかな……というか、寝言が一番気になる……大丈夫だったかな⁉　啓太くんのこと、好きとか言ってないよね⁉あーん、言ってたらどうしよぉぉぉ……！』

ばふんっ！

何か柔らかいものを叩《たた》くような音がした。恥ずかしくなった雪菜先輩が、枕《まくら》に勢いよく顔をうずめたのかもしれない。

……ちょっと叫んでもいいかな？

雪菜先輩可愛すぎだろぉぉぉぉぉ！

寝顔を見たのはずるい、だって？　ずるいのは雪菜先輩の可愛さだろ！　なんだあの寝顔は！　一生見ていても飽《あ》きが来ないっつーの！

それと何寝言の心配してんの？　一度も好きとか言ってねぇわ！　むしろ言ってよ！

わけわかんないニャンタジーの夢はどうでもいいから！　何が猫に支配される世界だよ！

ちょっぴり和《なご》むわ！

……などと叫ぶと雪菜先輩に聞こえてしまうので、俺はその場でジタバタ悶えるしかない。

『もしもあのまま、啓太くんが私に覆い被さってきたら、私……って、今のなし！　えっちぃ妄想《もうそう》はよくないよっ！』

雪菜先輩の予想外の乙女妄想《おとめもうそう》に、おもわず卒倒《そっとう》しそうになる。

これがあるから、雪菜先輩は憎めない。

「雪菜先輩。残念ながら、俺にそんな度胸はありません」

壁の向こうにいる雪菜先輩に「意気地《いくじ》なしでごめん」と一言。

もちろん、彼女に聞こえると困るから小声でね。

【雪菜先輩《せんぱい》は謝《あやま》りたい（映画デート編1）】

帰宅すると、そこには雪菜先輩がいた。

いつものように制服姿だが……少し様子がおかしい。

雪菜先輩は室内をぐるぐると歩き回っていた。たまに立ち止まったかと思えば、再び歩き始める。それの繰《く》り返《かえ》しだ。なんだか落ち着きがない。

「こんにちは、雪菜先輩」

「あ……お邪魔《じゃま》してるわ」

雪菜先輩は気まずそうに視線をそらした。いつもの毒舌はどこへやら、借りてきた猫状態だ。

まさかとは思うけど……。

「雪菜先輩。もしかして、この前寝ぼけて俺《おれ》を蹴ったこと、気にしているんですか?」

図星だったのだろう。雪菜先輩はしゅんとうなだれてしまった。

「気にしないでください。あれは誤解されても仕方ありませんよ」

「そういうわけにはいかないのよ!」

雪菜先輩はがばっと顔を上げた。

「そんなに意固地にならなくてもいいのに……」

「勘違《かんちが》いしないで。下僕《げぼく》に貸しを作るのが嫌《いや》なだけよ」

「そ、そうですか……」

「それで、その……これで貸しをなしにしてほしいのだけど」

雪菜先輩はぷいっとそっぽを向いて、そっと手を差し出した。

その手には、いつか没収された映画チケットが二枚握られている。

「あ、カップル割引のチケット。まさか、それって……」

「次の週末、啓太くんと映画を観に行ってあげるわ。こんなこと、滅多《めった》にないんだから。感謝しなさい」

雪菜先輩はむすっとした顔でそう言った。

や……やったぁぁぁ！

夢にまで見た雪菜先輩と映画デートだぁぁ！　フウウウウッ！

「ぜひ！　行かせてください！」

がしっ！

俺は雪菜先輩の両手を取った。

「こ、こら。駄犬《だけん》の分際で調子に乗らないで。離れなさい」

「俺、日曜日空けときます！　映画館は駅前でいいですよね⁉」

「ち、近いってば。離れないと蹴るわよ？」

「時間は何時にしましょう！　一緒にお昼ご飯どうですか⁉　駅ビルの中に新しくできた洋食屋さんとかどうですかね！　雪菜先輩の好きな食べ物はなんですか⁉　ハンバーグ？　パスタ？　あ、もしかして和食だったりしますか⁉」

「な、なんでそんなにグイグイ来るの……きゃあっ！」

「うおっ！」

後ずさりした雪菜先輩はつまずき、背中からベッドに倒れる。

俺も雪菜先輩に覆い被さるように倒れたが、すんでのところで手をつき、体の接触《せっしょく》を回避《かいひ》した。

だが、俺たちの距離は限りなくゼロに近い。

雪菜先輩の生々しい息づかいが聞こえる。小さな唇《くちびる》は微《かす》かに震えていた。

なんかいい香《かお》りがするんですけど……ていうか、至近距離で見るとヤバいな。顔のパーツ一つ一つが精巧《せいこう》な美を有している。

何この人。俺と同じ人間なの？　共通点、二足歩行くらいしかなくね？　あ、でも雪菜先輩は人じゃなくて天使だったわ。それなら納得《なっとく》。

「……いつまでそうしているつもり？」

雪菜先輩の冷たい声で我に返る。

「ご、ごめんなさい！　今どきます……うわっ！」

ずるっ。

体を支えていた手がすべり、俺は雪菜先輩の体にダイブした。

「ぐふっ！」

雪菜先輩は呻《うめ》き声《ごえ》をあげた。

一方、俺は雪菜先輩と体が密着していることに幸せを噛《か》みしめて……いる余裕《よゆう》などない。

「こんのっ……重たいのよ！　腐《くさ》れクズ豚《ぶた》ぁぁぁぁっ！」

いかん！　雪菜先輩がシンプルにキレた！

先輩は俺を押《お》しのけながら右手を掴《つか》んできた。すぐさま両足で腕《うで》を極《き》める体勢に入る。

こ、これは……だいぶ前に予告していた腕ひしぎ十字固め！

「興奮して主人を困らせる豚には、お仕置きが必要よね？」

ぎちぎちぎちっ！

ひじの関節が逆側に伸びていく。

「ぎゃあああああっ！　痛い痛い痛い痛いぃぃぃぃ！」

「そう。では続けるわ」

「き、鬼畜《きちく》っ！　ギブアップですって、雪菜先輩！」

「汚《きたな》い鳴き声ね。豚の言語は理解できないのだけど？」

「ちっくしょぉぉ！　無慈悲《むじひ》から生まれた化物めぇぇぇ！」

「ふふっ……もっといい声で鳴きなさい！　出荷《しゅっか》前の脂《あぶら》の乗った豚がぁぁ！」

　ぎちぎちぎちっ！

　雪菜先輩の美しい足が俺の顔や腕に当たってドキドキ……している余裕はない！　ただただ痛い！

「ら、らめぇぇぇっ！　靭帯《じんたい》がぁ！　靭帯がいっちゃううぅぅ！」

「痛みでイクなんて変態上級者ね。恐《おそ》れ入《い》ったわ」

「言い方ぁ！　雪菜先輩、もうギブですぅぅ！」

「なら正直に言いなさい。『エロ豚野郎《ぶたやろう》の俺が雪菜先輩と映画デートできるなんて光栄ですブヒィ』と」

「なんですか、その悪意ある語尾《ごび》は！」

「主人に口ごたえするの？　どうやら躾《しつけ》が足りなかったようね」

　ぎちぎちぎちぃぃぃっ！

「ぎゃあああ！　言います、言いますよぉ！　エロ豚野郎の俺が雪菜先輩と映画デートできるなんて光栄ですブヒィ！　可愛い雪菜先輩とお出かけできるなんて幸せブヒィィィ！」

「よく言えたわね。エロい、もとい偉《えら》いわ」

雪菜先輩は寝技《ねわざ》を解き、俺のおでこをペシペシ叩いた。

「いってぇぇ……少しは手加減してくださいよ。ぐすん」

「泣かないでちょうだい。ブサイクな顔がさらに醜悪《しゅうあく》になるわ」

顔面をいじらないでください。マジで泣きますよ？　いいんですか？　男のマジ泣きほど面倒《めんどう》くさいものはないですよ？

「じゃ、そういうことだから。今週の日曜日、私のために空けておきなさい」

そう言い残し、雪菜先輩は退室した。

流れるような動きの腕ひしぎ十字固めだったな……そういえば、柔道《じゅうどう》の経験があるって言っていたっけ。

「雪菜先輩の柔道着《じゅうどうぎ》姿……かっこいいんだろうなぁ」

密《ひそ》かに憧《あこが》れつつ、俺は壁に耳をぴたっとつけた。

『やっちゃったぁ……またやっちゃったよぉぉぉぉ！』

隣の部屋から、雪菜先輩のハイトーン懺悔《ざんげ》が聞こえてきた。

『今日は反省の意を込めて、ドSを封印《ふういん》する予定だったのに……ああ、もう！　啓太くんのせいだ！　抱《だ》きついてくるし、なんか寝技かけやすいんだもん……はっ！　もしかして、啓太くんは私に寝技をかけられたくて、わざとかけられやすい体勢を……？』

そんなわけないでしょう。普通《ふつう》に考えて、寝技待ちの男なんています？　ただのM男じゃないですか。

……まぁ寝技かけられるのも仲のいい証《あかし》だから、アリなんだけどさっ！

『でも、啓太くんに嬉しいこと言われちゃった……えへへ。私のこと、可愛いって思ってくれてるんだ。それに、私とお出かけできることが幸せだって……もぉー！　これから毎日啓太くんの部屋に通っちゃうから！　覚悟《かくご》してよねっ！』

雪菜先輩は『えへへ……ふへへへっ』と嬉しそうに、あるいは少し不気味に笑った。

……ちょっと叫んでもいいかな？

雪菜先輩可愛すぎだろぉぉぉぉぉ！

何わけわかんないこと言ってんだよ！　雪菜先輩が可愛いのは地球が自転するのと同じくらい当たり前のことだろ！　ま、その可愛さは俺だけが知ってるんだけどな！

それと毎日通っちゃうだぁ……？

俺の気持ちを無視するんじゃねぇよ……たまには俺も雪菜先輩の家に通わせてくれ！

雪菜先輩の部屋、どうなってるんだろ。絶対にくまさんのぬいぐるみあるよなぁ。で、その子を俺に見立てて会話してたりして……ええい、何だそのメルヘンは！　乙女《おとめ》すぎるだろぉぉぉ！

……などと叫《さけ》ぶと雪菜先輩に聞こえてしまうので、俺はその場でジタバタ悶えるしかない。

『啓太くん……もっと仲良くなりたいよ？』

雪菜先輩の可愛いお願いに、うっかり萌え死にそうになる。

これがあるから、雪菜先輩は憎めない。

「雪菜先輩。まずは日曜日の映画デートで仲を深めましょうね？」

壁の向こうにいる雪菜先輩と勝手に約束してみた。

もちろん、彼女に聞こえると困るから小声でね。

【雪菜先輩の私服は可愛い（映画デート編2）】

時間はあっという間に過ぎ、とうとうデート当日を迎《むか》えた。

俺は今、アパートの前で雪菜先輩が来るのを待っている。

スマホで時間を確認《かくにん》する。もうそろそろ待ち合わせ時刻だ。

そういえば、雪菜先輩の私服って見たことないな。いつも制服を着ているし。

「……絶対可愛いよなぁ」

天使だから白いワンピースは当然似合うとして……フェミニンっぽいのだけでなく、意外とボーイッシュなのもありかも。

あのスタイルの良さだ。きっと、どんな服でも着こなすだろう。

「啓太くん。待たせたわね」

来た！

雪菜先輩。いったいどんな私服を着てきたんですか⁉

「いえ！　全然待っていません、けど……」

ドキドキしながら振り返り、そして絶句した。

雪菜先輩はTシャツに短パンというシンプルな服装だった。

それはいいのだが……Tシャツのセンスに問題がある。

何故《なぜ》かTシャツのど真ん中に「DOKUZETSU《どくぜっつ》」という文字がプリントされている。

どういう自己主張の仕方だよ。

「雪菜先輩。そのTシャツ……」

「気づいたようね。最高にクールでしょう？」

雪菜先輩は得意気に胸を張った。いや完全にダサTなんですけど……。

「あの……よかったら、別のTシャツにしません？」

「は？　下僕のくせに、私のファッションにケチをつける気？」

「いや、そういうわけじゃ……そ、そう！　そんな果敢《かかん》に自己主張したらダメですよ！

もしかしたら、街のドMの豚どもが嬉々《きき》として群がってくるかもしれませんし！」

「そんなわけないでしょう。啓太くん、頭大丈夫？」

うん。たしかに自分でも何を言っているのかわからない。

でも、さすがにダサTの女の子とカップルを演じるのは抵抗《ていこう》がある。俺も必死なのだ。

「いやいや！　世の中、何が起きるかわからないですよ！　それにほら、雪菜先輩はナンパ男に絡まれた過去があるじゃないですか！」

トラウマを持ち出すと、雪菜先輩は露骨《ろこつ》に顔をしかめた。

DOKU
ZETSU

「男にしつこく付きまとわれるのは嫌だわ。あのとき、すごく怖《こわ》かったもの……」

「でしょう？　そのTシャツで外出は危険ですよ」

「わかったわ。着替《きが》えてくる。啓太くんは犬らしくそこで待っていなさい」

雪菜先輩は納得し、自室へ戻っていった。

……まさか別のダサTを着てくるなんてことはないよな？

不安に思いながら待っていると、五分後に雪菜先輩は戻ってきた。

「お待たせ、啓太くん。この服装なら大丈夫かしら？」

「あ、雪菜先輩。もう着替えて来たんです、ね……」

雪菜先輩の私服を見て、俺は言葉を失った。

黒いサマーニットのトップス。白、茶、黒で構成された、レトロなチェック柄《がら》のサロペット。小物は肩掛《かたか》けの可愛らしい赤のポーチ。足元は少しヒールが高めの白いサンダル、というコーディネートだった。

うん。とてもよく似合っていると思う。雪菜先輩の魅力《みりょく》が引き立つ大人のコーデだ。さっきまでダサTを着ていた人と同一人物だとは思えない。

「め、めちゃくちゃ可愛いじゃん！」

「えっ？」

雪菜先輩は驚いたように瞬《まばた》きをした。

しまったぁぁ！　つい感想を口にしてしまったぁぁ！

「あ、いえ！　えっと……その服、似合ってるなぁって思って」

「ジロジロ見ないでくれるかしら。この眼球ギョロ左衛門。えぐるわよ？」

雪菜先輩はむすっとした顔でそう言った。

見るなと言われても見惚《みと》れてしまう。それくらい、私服姿の雪菜先輩は可愛かった。

「ちょっと啓太くん。見るなと言っているでしょう？」

「す、すみません。そんなつもりは……」

「じゃあ、どういうつもり？」

雪菜先輩が可愛すぎるせいです。

……などと正直に言えるはずもなく、俺は沈黙《ちんもく》してしまった。

「そうだったの……下僕の考えがわからないなんて、私も主人失格ね」

「えっ？」

「今理解したわ。その物欲《ものほ》しそうな顔……お仕置きを所望《しょもう》しているのよね？」

「いや全然違うけど!?」

暴力への持っていき方が強引すぎるよ。いち早く寝技かけて照《て》れ隠《かく》ししたいだけでしょ。

「気づいてあげられなくて悪かったわね。すぐに気持ちよくしてあげる」

「ちょ、ちょっとたんま！　俺は別に……うわっ！」

俺は雪菜先輩に足をかけられ、いとも簡単に倒れた。

「これは私が柔道の県大会の決勝で使った技《わざ》よ。期待してくれていいわ」

「逆に不安だよ！　ちょっと待って、雪菜せんぱ……ぐぁぁっ！」

雪菜先輩は素早《すばや》く手を伸ばし、俺の首を脇《わき》で抱《かか》えた。流れるような動きで、今度は俺の右腕《みぎうで》を押さえ、がっちり固定する。

ぎぎぎぎぃぃぃいっ！

「ぐぉぉおっ！」

こ、これは……たしか袈裟《けさ》固《がた》めとかいう技だ！

ヤバい。固定された首が悲鳴を上げている。技を外そうと試みるが、完全にロックされていて動けない。

「き、ぐ、うぅぅ……！」

「いい顔よ、啓太くん。出荷寸前で悲しみに暮れる豚の顔をしているわ」

なんだよその例え。見たことねぇわ、そんな切ない豚の顔。

「ギブ……ギブアップ、です……」

「遠慮《えんりょ》しないで。たっぷり可愛がってあ・げ・る」

ぎぎぎぎぃぃぃっ！

雪菜先輩のふっくらした胸が目の前にある。最期《さいご》に見る景色が雪菜先輩のおっぱいで本当によかった……って馬鹿野郎《ばかやろう》！　雪菜先輩とデートせずに死ねるか！

「ゆ、雪菜先輩……げん、かい、ですぅ……！」

「あら。もう終わり？」

雪菜先輩は俺を解放し、ため息をついた。

「はぁ。だらしないわね、啓太くん。今のままでは全国制覇《せいは》できないわよ？」

「目指してないわ！」

そもそも柔道やってないからね？

「あ……いけない。財布《さいふ》を忘れたわ。取ってくるから、啓太くんはここにいなさい」

そう言って、雪菜先輩は小走りで自室に向かった。

いてて……最近、お仕置きに手加減がないような気がする。

でも、今の態度って照れ隠しなんだよな……くっ！　私服褒《ほ》められて照れるとか可愛すぎかよ！

しばらく雪菜先輩の可愛さについて考えて時間を過ごした。

しかし、雪菜先輩が戻ってくる気配は一向にない。もしかして、財布が見つからないのかな？

「……ちょっと様子見てくるか」

俺は雪菜先輩の部屋の前まで行った。

すると、聞き慣れた例の声がドア越《ご》しに聞こえてくる。

『やっちゃったぁ……またやっちゃったよぉぉぉぉ！』

おおっ……このアパート、ドア越しでも聞こえるのかよ。防音効果ゼロじゃないか。

『これから啓太くんと念願のデートだっていうのに、行く前から寝技かけちゃったたぁぁあ！　しかも得意《とくい》技《わざ》の袈裟固めぇぇぇぇぇ！』

雪菜先輩、声デカい！　アパート中に聞こえちゃいますよ！

まぁそんなことより、念願のデートって言ってくれたことのほうが嬉しいんだけども！

『だって、啓太くんがいけないんだもん。私の私服、めっちゃ可愛いって言うから……嬉しすぎるよ。この服、実はデートのために用意したんだもん。恥ずかしくて、直前に普段《ふだん》着《ぎ》のTシャツ着ちゃったけど、着替えてよかったたぁ……えへへ』

雪菜先輩は嬉しそうに笑った。

……ちょっと叫んでもいいかな？

雪菜先輩《せんぱい》可愛《かわい》すぎだろぉぉぉぉぉぉ！

デート用の勝負服だったんかい！　なら最初から着てよ、この意気地なし！　可愛いに決まってるんだから！

ていうか、俺のために買ってくれた服なんだよね？　一生懸命《いつしようけんめい》考えて選んでくれたんだよね？　俺はもうそれだけで嬉しいよ！　寝技かけられたけど、可愛いって伝えられてよかった！　ありがとう、雪菜先輩！　ありがとう、地球！

……などと叫ぶと雪菜先輩に聞こえてしまうので、俺はその場でジタバタ悶えるしかない。

『ふふっ。啓太くんにもっと褒められたいなぁ』

雪菜先輩の照れくさそうな声が、俺の胸をきゅんとさせる。

これがあるから、雪菜先輩は憎《にく》めない。

「雪菜先輩。たまには俺のことも褒めてくださいよ」

ドアの向こうにいる雪菜先輩に意地悪してみる。

もちろん、彼女《かのじよ》に聞こえると困るから小声でね。

【雪菜先輩はカップルに見られたい（映画デート編3）】


アパートから十五分くらい歩くと、目的地が見えてきた。

「着きましたよ、雪菜先輩！」

「見ればわかるわ。はしゃがないで」

「えへへ。だって、デート楽しみなんですもん！」

「……そう」

雪菜先輩はぷいっとそっぽを向いた。ふふっ、照れてる照れてる。雪菜先輩も楽しみにしてくれていたら嬉《うれ》しいな。

俺たちは駅前の大型ショッピングモールにやってきた。

映画館はこの建物の上の階にある。七階が受付で、八階と九階がシアターだ。

さて。ここまでは順調だが、一つだけ懸念《けねん》事項《じこう》がある。

「雪菜先輩。チケットのことなんですけど……」

「ええ。ちゃんと持ってきているわ」

雪菜先輩はポーチからカップル割引のチケットを二枚取り出した。

「これを受付に見せればいいのよね？」

いや。それだけじゃダメなんだ。

どうやら雪菜先輩はチケット裏面の『注意事項』を読んでいないらしい。

「その……とりあえず、注意事項を読んでください」

「え？」

雪菜先輩はチケットの裏面に目を通した。

しばらくして、チケットを持つ手が震え出した。

「なっ……啓太くん、何よこれ！」

「そうなんです。カップルであることを証明するために『手を繋《つな》いで受付』しないといけないんです」

受付のお姉さんに繋いだ手を見せると、カップル割引が成立するこの仕組み。本物のカップルなら「恥《は》ずかしいねー」と笑い話になるが、俺たちはそうもいかない。

「啓太くん。私を騙《だま》したのね？」

「え？　いや、そんなつもりは……」

「映画を観《み》るふりをして、私の手の感触を堪能《たんのう》するってわけ……思春期童貞《どうてい》をこじらせるのもたいがいにしなさい、このゲス山ゲス郎！」

「そんな気持ち悪いこと考えてないよ！」

誰《だれ》がゲス山ゲス郎だよ。そんな語尾が「～でゲス」みたいな男の名前じゃないでゲス。

「雪菜先輩。お願いです。俺と手を繋いでください」

「で、でも……」

「俺、雪菜先輩と一緒《いっしょ》にお出かけしたかったんです。だから、今日がすごく楽しみで……お願いします！　一緒に映画観てください！」

頭を下げると、雪菜先輩は嘆息《たんそく》した。

「はぁ……わかったわよ。今日は私が借りを返す日だし」

「マジですか！　ありがとうございます！」

雪菜先輩は「調子に乗ってエロいことしたら殺すわよ？」と釘《くぎ》を刺《さ》してきた。うわー、信用されてなーい。

俺たちは受付に行き、お姉さんにカップル割引のチケットを見せた。

「すみません。『今、愛に生きます』を高校生二名でお願いします」

「はい。カップル割引ですね。では、カップルである証明をお願いしますきた。いよいよ試練の時！

「ほら、雪菜先輩」

俺が手を差《さ》し伸べると、雪菜先輩は唇をつんと尖《とが》らせた。

の手ってこんなに小さいんだ。

「わ、わかっているわよ」

雪菜先輩は恥ずかしそうに俺の手を握《にぎ》った。な、なんか柔《やわ》らかい……ていうか、女の子の手ってこんなに小さいんだ。

初めての体験にドキドキしていると、受付のお姉さんは微笑《ほほえ》んだ。

「くすくす。可愛い彼女さんですね」

やめて、お姉さん！　雪菜先輩をからかわないで！　その人、無駄《むだ》にプライド高いから！

「可愛い？　それ、どういう意味ですか？」

雪菜先輩は冷たい声音《こわね》でそう言った。マズい。あれは怒《おこ》っているときの目だ。

……これは一波乱ありそうな予感がする。

「照れくさそうに手を握るところが可愛いなって。彼氏《かれし》さんもそう思いますよね？」

「へっ？　あ、はい。可愛いです、けど……」

隣《となり》にいる雪菜先輩を見る。

ひぃぃぃぃ！　額に血管が浮《う》き出《で》てるぅぅぅ！

「照れていません。それと勘違いしないで。この男と私はカップルではありませんから」

あっ！　雪菜先輩、それ言ったらダメですよ！

「え？　じゃあ、カップル割引のチケットは適用できませんけど」

「あっ……」

「どうなのぉ？　この子は彼氏じゃないのー？」

お姉さんはニヤニヤしながらそう言った。

おおっ、あの雪菜先輩が手玉に取られている！　お姉さんすげぇ！

からかわれっぱなしの雪菜先輩は、苦々しく唇を噛んだ。

「……つ、付き合っています。啓太くんは私の彼氏です……っ！」

付き合っています。啓太くんは私の彼氏です。

それらの言葉は真実ではないけれど、俺のテンションを上げるには十分すぎた。

雪菜先輩が俺のこと彼氏って言ってくれた……！

今日は俺たちの記念日にしよう！　偽恋人《にせこいびと》記念日サイコー！　フゥウゥウゥッ！

「くすくす。恥ずかしがり屋《や》さんなのねぇ。彼氏さんも大変でしょう？」

「いやぁ、そうなんですよー！　この前も雪菜のヤツが俺の部屋に来たとき——あでぇ！」

だんっ！

雪菜先輩は調子に乗った俺の足を踏《ふ》み、ぐりぐりしてきた。

「啓太くん？　映画が楽しみなのはわかるけど、あまり興奮しないでくれる？」

「雪菜先輩のせいでしょ！　あなたが足を踏むからいでででぇ！」

ぐりぐり。

待って！　雪菜先輩が履《は》いてるサンダル、ヒールがやたら硬《かた》いんですけど!?

「啓太くん。公共の場で発情しないでもらえるかしら」

「してねぇよ！　痛いから叫んでるのっ！」

「そう。痛気持ちいいの。救えない豚ね。去勢しなさい」

ダメだ。全然話が通じないよ、この人。

「……ふん。私、トイレに行ってくる」

機嫌《きげん》を損《そこ》ねた雪菜先輩は、チケット代を俺に渡《わた》していなくなってしまった。

「いてて……雪菜先輩、すぐ照れ隠しするんだから」

「ふふふ。照れ屋で可愛《かわい》い彼女さんね」

「あっ、受付のお姉さん……あはは。もう少し暴力は抑《おさ》えてほしいですけどね……」

「君たち、まだ付き合ってないでしょ？」

なっ……やっぱりバレた？

「あ、いや。その、俺たちは……」

「気にしないで。割引は適応させておくから。それより頑張《がんば》ってね。お姉さん、君たちの恋《こい》を応援《おうえん》してる！」

「は、はぁ……」

お姉さんは妙《みょう》にテンションが高かった。なんで盛り上がっているんだ、この人は。

受付のお姉さんに見送られ、俺はトイレに向かった。

廊下《ろうか》を歩いて女子トイレ付近まで行くと、雪菜先輩の声が聞こえてきた。

『やっちゃったぁ……またやっちゃったよぉぉぉぉ！』

ここでも叫ぶの⁉

雪菜先輩の本音タイム、まさかの出張版である。

『ふぇぇぇぇん！　デート中にまた暴力振《ふ》るっちゃったよぉぉ！』

ひとまず落ち着いて、雪菜先輩！

あといい歳《とし》して「ふぇぇぇぇん！」とか言わない！　でも、可愛いから許す！

『せっかく啓太くんと手を繋げたのに離《はな》しちゃった……私、女子力なさすぎだよぉぉ……

でも、嬉しかったな。周りの人から見たら、私と啓太くんは恋人《こいびと》同士に見えるんだね。え
へへ。自慢《じまん》の彼氏です……なんちゃって』

雪菜先輩は『また妄想しちゃった。私、キモいなぁ』と苦笑《くしょう》した。

……ちょっと叫んでもいいかな？

雪菜先輩可愛すぎだろぉぉぉぉぉ！

女子力ないだと？　あるわ！　いつも俺の部屋に来て掃除《そうじ》してくれて助かってるし！　最近は「作りすぎたから」というお決まりの言い訳を添《そ》えて、何かとおかずもくれるし！　雪菜先輩の作る唐揚《からあ》げ、最高に美味いっす！

それと「自慢の彼氏です」だと？

聞き捨てならねーなぁ……俺が！　いつ！　雪菜先輩の彼氏になったんだよ！　俺も彼女自慢していいのか⁉　友達に「雪菜のヤツ、最近俺に甘《あま》えてばっかりだわー」とかノロケてもいいのか⁉　ダメですね、わかります！　でも傍《はた》から見たら、俺たちカップルに見えるんだってさッ！

……などと叫ぶと雪菜先輩に聞こえてしまうので、俺はその場でジタバタ悶《もだ》えるしかない。

『私たち、付き合ってると言っても過言じゃないよね？』

雪菜先輩の衝撃的《しょうげきてき》な一言にドキドキする。

これがあるから、雪菜先輩は憎めない。

「雪菜先輩。冷静に考えてください。過言ですよ」

トイレにいる雪菜先輩にツッコんだ。

もちろん、彼女に聞こえると困るから小声でね。

【雪菜先輩は少しずつ変わっていく（映画デート編4）】

雪菜先輩と合流し、シアターに入った。彼女の本音タイムがあったせいで、上映時間ギリギリである。

俺《おれ》たちは静かに移動し、シアター中央の端《はし》の席に座《すわ》った。

休む間も無く映画が始まる。

映画は事故で亡《な》くなった旦那《だんな》さんが浮遊霊《ふゆうれい》として現世に現れ、奥《おく》さんとやり残した思い出作りをしていくというストーリーだ。感動的な恋愛《れんあい》映画で、巷《ちまた》では泣けると評判らしい。

隣に座る雪菜先輩をちらりと見る。

……あれ？　暗くてわかりにくいけど、少し恥ずかしそうにしているのは気のせいか？

スクリーンに視線を戻《もど》すと、ちょうどベッドシーンだった。あー、これが原因だったのか……。

ベッドの中で優《やさ》しく重なり合う二人は、お互《たが》いを求めるようにキスをしている。なるほど。たしかにこれは恥ずかしい。

こういうとき、本物の恋人同士はどうしているんだろう。いいムードになって、手を繋いだりするのだろうか。

再び雪菜先輩に視線を移す。肘掛《ひじか》けに乗った彼女の左手は、もぞもぞと落ち着きなく動いている。

まさか……これって『手を握っていいよ』のサイン⁉

よし。ここは男らしく俺がリードしなきゃ！

俺は雪菜先輩の左手をそっと握った。ムードがあるせいか、本当に恋人同士になった気分になる。

俺たち、傍から見たら完全にカップルだよな……幸せすぎる。映画デートばんざーい！

一人で盛り上がっていると、雪菜先輩は俺の手を握り返した。

ぎゅううっ！

（いってぇぇぇぇぇっ！）

慌《あわ》てて手を離す。雪菜先輩は小声で耳打ちした。

「どうせいやらしいこと考えてたんでしょ？　このスケべ怪獣《かいじゅう》ゲボケイタ」

雪菜先輩はジト目で俺を睨《にら》んだ。

あの、ゲボケイタはやめません？　下僕《げぼく》の「ゲボ」のつもりなんでしょうけど、どう考えてもゲロです。

その後、俺たちはおとなしく映画を観た。

映画は現世でやり残したことを終えた旦那さんが、奥さんに見送られながら成仏《じょうぶつ》して終わった。

前評判通り、泣ける映画だった。目頭《めがしら》が熱い。目が赤くなっていたらどうしよう。雪菜先輩にからかわれるかもしれない。

エンドロールが終わり、館内が明るくなる。

「感動的な内容でしたね……雪菜先輩？」

隣で雪菜先輩は泣いていた。静かに嗚咽《おえつ》を漏《も》らし、作品の余韻《よいん》に浸《ひた》っている。

「あの、雪菜先輩……」

「な、泣いてなんかない！　こっち見ないで！」

雪菜先輩は慌ててそっぽを向いてしまった。

まったく……本当に不器用な人だな。

「雪菜先輩。これ、使ってください」

ハンカチを差し出すと、雪菜先輩はこちらを見て、おずおずと手を伸《の》ばした。

「……使わせていただくわ」

雪菜先輩はハンカチを受け取り、目を拭《ぬぐ》った。彼女が落ち着くまで待ったのち、俺たちは映画館をあとにした。

外はもう薄暗い。夕暮れに染まっていく街を二人で並んで歩いた。

「雪菜先輩。映画、すごくよかったですね」

「そうね」

「俺も泣いちゃいました」

「今日一日で心の汚《よご》れが洗い流されたんじゃない？」

「雪菜先輩もね」

「何が？」

「少しだけ、雪菜先輩は自分に素直《すなお》になりました」

俺が私服を褒めたら喜んで。映画館の受付では恥ずかしそうに照れて。お姉さんにからかわれて怒って。映画を観て泣いて。今は少し穏《おだ》やかな笑顔《えがお》だ。

「今日、雪菜先輩は素敵《すてき》な表情をたくさん見せてくれました。素直な雪菜先輩が見られてよかったです」

雪菜先輩は立ち止まり、目を丸くしたが、すぐにむっとした顔になる。

「私はいつも素直よ」

「あはは。ある意味そうかもしれません」

「何よ。啓太くんのくせに生意気」

げしげし。

雪菜先輩は俺の脚《あし》を蹴《け》ってきた。

いつものやり取りに、おもわず笑《え》みがこぼれる。

気の利《き》いた言葉は何も思《おも》い浮かばないけれど、今なら俺も素《す》の自分になれる気がした。

「雪菜先輩。もっと俺に心を開いてください。俺はどんな雪菜先輩でも受け入れますから」

照れ屋で恥ずかしがり屋なところ。毒舌《どくぜつ》でドSなところ。本当は優しいところ。可愛いところ。お茶目《ちゃめ》なところ。たまにドジなところ。俺をかまってくれるところ。

心を奪《うば》われたのは、あなたの魅力にだけじゃない。

不器用なところもひっくるめて、俺は雪菜先輩が好きなんです。

やや間があって、雪菜先輩は無言で俺の脚をげしげし蹴った。

「な、なんで蹴るんですか」

「蹴りやすいからよ」

どういう意味だよ。サンドバッグってことか？

雪菜先輩の謎《なぞ》のリアクションに戸惑《とまど》っていると、彼女はふっと表情を和《やわ》らげた。

「啓太くん……いつも可愛くない私に優しくしてくれてありがとう」

「えっ？」

聞《き》き間違《まちが》い……じゃないよな？

あの毒舌少女が、俺にお礼を言ったのか……!?

「雪菜先輩。今の言葉……」

「さて。帰りましょうか」

「いやいや！　何逃《に》げようとしてるんですか！」

「逃げる？　言っている意味がわからないわ」

「『ありがとう』って今言いましたよねぇ!?」

「下僕に礼なんて言わないわ。くだらないこと言ってないで行くわよ」

「あ、待って！　誤魔化《ごまか》さないで、ちゃんと本音を――」

「言ってないもん！」

「いでぇえ！」

足の甲《こう》をおもいっきり踏まれた。めちゃくちゃ痛い。

「今日のデートで借りは返したわ。また明日から私の下僕として働くのよ？　いいわね？」

そう言い残して、雪菜先輩は足早に去っていった。

俺は見逃《みのが》さなかった。

雪菜先輩の耳はりんごみたいに真っ赤だった。

……ちょっと叫んでもいいかな？

雪菜先輩可愛すぎだろぉぉぉぉぉ！

　とうとうデレたぁぁぁ！　耳まで赤くして「いつも可愛くない私に優しくしてくれてありがとう」だってさ！　いや可愛いわ！　こちらこそ、いつもこの下僕めに毒舌をいただき、ありがとうございます！

それと俺は聞き逃《のが》さなかったからな！　さっき「言ってないもん！」って子どもっぽい口調で否定したでしょ！　すごいよ、素が出てるじゃん！　雪菜先輩、その調子でもっとデレていいからね！　アイ・ウォント・ユア・ツンデレーション！

……などと叫ぶと周囲に白い目で見られるので、俺はその場でジタバタ悶えるしかない。

「雪菜先輩。俺に……いや。俺だけに心を開いてくださいね」

ここにはいない雪菜先輩を内緒《ないしょ》で口説いてみる。

今はまだ、本人には届かないけれど……いつか好きだって気持ちを伝えなきゃ。

こうして俺たちの初デートは幕を閉じた。

第二章　雪菜先輩と夏の思い出

DOKUZETSU SHOJO HA AMANOJAKU

【雪菜先輩と勉強会】


帰宅すると、部屋に制服姿の雪菜先輩がいた。

雪菜先輩は珍《めずら》しくテレビゲームをしている。例のレーシングゲームだ。

「こんにちは、雪菜先輩」

「来たわね、下僕」

「そりゃ俺の部屋だし来ますよ……今日はゲームしてるんですね」

「ええ。いつか啓太《けいた》くんにリベンジするためよ」

画面を見ると、雪菜先輩の運転する車がドリフトしながらコーナーを曲がっている。以前は曲がり切れずにぶつかっていたはずだ。

雪菜先輩、確実に上手《うま》くなってる……さては俺に隠れて練習しているな？

「再戦は受けて立ちますけど……どうしてそんなにこだわるんですか？」

「啓太くんの得意分野で勝つことによって、プライドをズタズタにするためよ」

「マウントの取り方が独特！」

発想がドＳ通《とお》り越《こ》して陰湿《いんしつ》なんですけど。

しばらく雪菜先輩のプレイを眺《なが》めていると、インターホンが鳴った。返事をする前にドアが開く。

「啓太せんぱぁぁぁーい！　助けてくださぁぁーい！」

ドタドタドタっ！

樹里《じゅり》が俺に泣きついてきた。

「落ち着けよ。どうかしたのか？」

「ヤバいことになっちゃったんすよ！　助けてくださいっす！」

がしっ。

むにゅう。

樹里は俺の腕《うで》に抱《だ》きついた。

お、お前ばか！　胸を押《お》しつけるなって！　こんなところ、雪菜先輩に見られたら――。

「啓太くん。後輩《こうはい》に抱きつかれるのはどんな気分？」

手遅《ておく》れだった。めっちゃキレてるよ。

「おい樹里！　とりあえず離れろ！」

「嫌《いや》っす！　ウチの知らないこと､手取り足取り教えてくれるって約束してほしいっす！」

「誤解を生む言い方やめてくんない⁉」

その言い方だと、実践的《じっせんてき》なえっちぃことを教える感じになっちゃうだろ。

「啓太くん。顔に『へへっ。樹里ちゃん、スケベしようやぁ……』って書いてあるわ。三回死んどく？」

雪菜先輩のまとう空気が怒気《どき》から殺気に変わった。ヤバい、何とかしなきゃ！

「わかったよ、樹里！　協力するから離れろ！」

「口約束じゃ信じられないっす！　体で示してほしいっす！」

「お前ほんと黙《だま》れよ⁉　余計なこと言うと手を貸さないぞ！」

「うぐっ。それは困るっすよぅ」

樹里は俺から離れてちょこんと床《ゆか》に座った。

「で？　俺に何を助けてほしいって？」

「実は勉強を教えてほしいんすよ」

勉強って……ああ、そうか。来週は期末テストだったっけ。

「ウチ、赤点を取ったら、お母ちゃんから罰《ばつ》を受けるんすよ。門限も厳しくなるし、お小《こ》遣《づか》いも減らされちゃう……」

いつもの元気はどこへやら、樹里はしゅんとうな垂れた。

さすがにそのペナルティは可哀《かわい》そうだ。仕方ない。手伝ってやるか。

高校一年生の科目を教えられるか疑問だが、得意科目なら大丈夫《だいじょうぶ》だと思う。それに（表向きは）優等生の雪菜先輩もいる。三人で勉強会をすれば、赤点は免《まぬが》れるだろう。

「俺でよければ面倒見《めんどうみ》るよ。わかる範囲《はんい》でだけど」

「マジっすか⁉」

「ああ。それに聞いて驚《おどろ》け。雪菜先輩は前回の定期テストで学年一位なんだ。教えてもらえるように頼《たの》みなさい」

「雪菜せんぱい！　お願いしますっす！」

樹里は両手を合わせてお願いのポーズを取った。

あとは雪菜先輩が教えてくれるかどうかだけど……。

「は？　樹里ちゃん。それが人に物を頼む態度かしら？」

あ、ダメだ。全然教える気ないよ、この人。

「雪菜先輩。意地悪したら樹里が可哀そうですよ」

「何？　啓太くんは樹里ちゃんの肩《かた》を持つの？」

「そんなつもりは……」

「主人に意見したら蹴るわよ。わかったら黙っていなさい。このおっぱい揉《も》み男《お》が！」

雪菜先輩は俺をげしげし蹴った。もうすでに蹴ってるじゃないですかやだー……。

「樹里ちゃん。人に頼むときは誠意を見せるものよ？」

雪菜先輩がドS発言をすると、樹里は急に座り直した。

なんだ？　いったい何をするつもりだ？

疑問に思っていると、樹里はきらりと目を光らせた。

「わかったっす……雪菜せんぱい！　この愚《おろ》かなメス豚《ぶた》に知恵《ちえ》を授《さず》けてくださいっす！」

ずざぁぁぁっ！

樹里は勢いよく土下座した。誠意ってそういうことじゃないと思う。

「え。あの、樹里ちゃん。何もそこまでしなくても……」

雪菜先輩はドン引きしている。どうやら相手からグイグイ来られるのは苦手らしい。

「お願いしますっす！　このままじゃ追試なんすよぅ！　どんな厳しい調教にも耐《た》えるんで、ウチをシゴいてくださいっす！」

「待って、想定外の事態！　と、とりあえず、土下座をやめなさい！」

「そんな……まだ誠意が足りないんすか？　こうなったら全裸《ぜんら》で土下座するしか……」

「しなくていいわよ!?」「せんでいい、せんで！」

俺たちの必死のツッコミが見事にハモった。

「とにかく土下座をやめなさい！　勉強は教えるから！　土下座なんて簡単にするものじゃないわ！　だから早く……ええい、なんて無駄に美しい土下座なの！」

たしかに洗練されたフォルムである。さてはこいつ、土下座慣れしてる人《ゲザイマン》だな？

雪菜先輩の想《おも》いが通じたのか、樹里は土下座をやめた。

「雪菜せんぱい。本当に教えてくれるんすか？」

「仕方ないわね。面倒見てあげるわよ」

「わーい！　雪菜せんぱい、大好きっすー！」

樹里は雪菜先輩に飛びついた。

屈託《くったく》のない笑みを浮かべ、頬《ほお》ずりしている。

「こ、こらぁ！　くっつかないでよ、この巨乳妖怪《ようかい》ジュリアンヌ！」

雪菜先輩は抱きついてきた樹里に「やめなさい！」とか「乳揉むわよ！」と反撃《はんげき》しているが、樹里はまったく聞いていない。

「すんすん……雪菜せんぱい、すっごくいい香《かお》りがするっす。くんかくんか、すーはーすーはー……」

「いやぁ！　嗅《か》がないでぇぇ！」

「ぬふふ。よいではないか、よいではないかぁ」

雪菜先輩は樹里のセクハラ攻撃《こうげき》にたじたじだ。耳まで赤くなっている。

樹里、お前すげぇよ。あの難攻不落《なんこうふらく》の毒舌少女を容易《たやす》く辱《はずかし》めるなんて。あんたがチャンピオンや。

「なんなのよもぉー！　啓太くん、助けてぇぇぇ！」

雪菜先輩は涙目《なみだめ》で俺に助けを求めてきた。

……ちょっと叫《さけ》んでもいいかな？

雪菜先輩可愛すぎだろぉぉぉぉ！

樹里をライバル視して邪険《じゃけん》な態度を取るも、逆に懐《なつ》かれる雪菜先輩がオモシロ可愛すぎる！　いいぞ、樹里！　もっと雪菜先輩を困らせて、素の彼女を引き出すんだ！　がんばれ、巨乳妖怪ジュリアンヌ！

……などと叫ぶと雪菜先輩に聞こえてしまうので、俺はグッとこらえた。

さて。そろそろ樹里を止めるか。

「おい、樹里。雪菜先輩から離れろ」

樹里を雪菜先輩から無理矢理《むりやり》引き剥《は》がす。雪菜先輩は「樹里ちゃん、おそろしい子……！」

と怯《おび》えていた。どうやら苦手意識が芽生えたらしい。

「樹里。遊んでないで、そろそろ真面目《まじめ》に勉強会するぞ」

「おねしゃす！」

俺たちはテーブルを囲んで座り、教科書や筆記用具を用意した。

「で、何の科目がピンチなんだ？」

「ほぼ全科目ピンチっす。現代文はいつも九〇点なんで大丈夫っすけど」

「その日本語の理解力を日常生活に活《い》かせよ……まぁいい。暗記科目は独学でもなんとかなるだろうし、先に数学やるか」

「はいっす！」

樹里は元気よく返事をして、数学の教科書を開いた。

「啓太せんぱい。この例題の意味がわかんないっす」

「例題もわからないレベルかよ……さては真剣《しんけん》に授業を受けてないな？」

「失礼な。ちゃんと受けてこの学力っすよ」

「余計ダメじゃん」

呆《あき》れつつ、俺はノートに計算式を書いていく。

樹里はノートを見ながら「あ、その式を使えばいいんすね！」と一人納得《なっとく》している。

「啓太せんぱい。これでいいんすか？」

「そうそう。で、最後にこの公式を使って導き出した数字を、Xに代入すると……」

「おおっ！　全然わかんないっす！」

「何でだよ！」

　今のは完全に理解した流れだっただろ。

「なははー。教え方へたっぴっすねー」

「教わる立場のヤツに言われたくないよ」

「チェンジっす。雪菜せんぱーい。この問題、教えてほしいっす」

「仕方ないわね。そこをどきなさい、ゴミクズ家庭教師」

　雪菜先輩は俺を追《お》い払《はら》うように「しっしっ」と手でジェスチャーした。えー、なんか納得いかないんですけど……。

　渋々《しぶしぶ》どくと、雪菜先輩は樹里の隣に正座した。

「いい？　そもそもこの公式はね……」

　雪菜先輩は公式をわかりやすく丁寧《ていねい》に教えていく。樹里は今度こそ理解したらしく、問題の途中式《とちゅうしき》をノートに書き込んでいった。

「雪菜せんぱい、できたっす！」

「正解よ。おっぱいお化けにしては上出来ね」

「説明がわかりやすかったおかげっす。やっぱ啓太せんぱいじゃダメっすねー」

俺を見てニヤニヤする樹里。雪菜先輩ならまだしも、お前には言われたくないよ！

雪菜先輩の教え方が上手いのか、樹里はその後も次々と問題を解いていった。さすが雪菜先輩。学年一位なだけある。

勉強会が始まって一時間ほど経《た》った頃《ころ》、樹里の頭からぷしゅーと煙《けむり》が出た。

「あー疲《つか》れたぁぁぁ！　甘いものほしい！　ケーキ食べたーい！」

樹里はじーっと俺を見つめてきた。え、何。買わないよ？

「一度休憩《きゅうけい》にしましょう。私もチーズケーキが食べたいわ」

雪菜先輩も俺を見つめてきた。ちゃっかりケーキの種類まで指定されたんですけど……か、買わないからね？

「ケーキ、用意していないの？　本当に使えない下僕ね……あっ……！」

突然《とつぜん》、雪菜先輩は顔をしかめた。

「雪菜先輩。どうしました？」

「あ、足が痺《しび》れてしまったみたい……」

雪菜先輩は姿勢を崩《くず》し、お姉さん座りになった。その様子を、樹里はキラキラした瞳《ひとみ》で眺めている。

……毎度のことだが、嫌な予感がする。

不安に思っていると、樹里は人差し指をピンと立てた。

「うずうず……えいっすー！」

つんつん。

樹里は雪菜先輩のニーソックスに包まれた足の裏を指でつついた。

「ひゃぁっ⁉」

雪菜先輩は素の声で悲鳴を上げた。

「こ、この乳デカ！　勉強を教えてもらった恩を忘れ……」

「なははっ！　雪菜せんぱいの悲鳴、可愛いっすねー」

つんつん。

「ひゃんっ！」

びくんびくん！

痺れと痛みに耐え切れず、雪菜先輩はのけ反った。

「雪菜せんぱい。ここっすか？　ここが感じちゃうんすか？」

「あっ、あっ、そこは敏感《びんかん》なところ……あんっ！」

びくんびくん！

雪菜先輩はこらえようと必死に口を抑えるが、悲鳴が漏れてしまっている。

「むふふ。足の裏が弱点っすね。えいっ、えいっ」

「ひゃうんっ！　ら、らめぇぇ……今は感じやすい、からぁ……っ！」

雪菜先輩は体をぴくぴくと震《ふる》わせて、呼気を荒《あら》くした。顔は上気していて、目も少し潤《うる》んでいる。

な……なんかいやらしい雰囲気《ふんいき》だ！

ただ足の裏をつついているだけなのに、えっちパワーをびんびんに感じるぞ！

樹里……よくやったな。お前はやればできる子だと思っていたよ。

「雪菜せんぱい。ほれほれーっす」

「あっ、あぁっ……ん！」

調子に乗った樹里は、足の裏つんつん攻撃を止《や》めようとしない。

すると、どうなるか。

普通《ふつう》に考えて、次第《しだい》に足の痺れは解消されるわけで……。

「ほれほれー……あ、あれ？　雪菜せんぱい、痛くないんすか？」

「もう治ったわ」

「そ、そうっすかー……なはは……」

「樹里ちゃん。人の弱点を攻《せ》めるのは楽しいわよねぇ？」

「へっ？　い、いえ。ウチは別に……」

「気持ちはわかるわ。私もその悦《よろこ》びを知る者の一人よ」

雪菜先輩はニタァと口角を持ち上げた。悪魔《あくま》が人を不幸に陥《おとし》れるときの笑顔である。

「ふふふ……あなたの弱点はどこかしらね？」

デビル雪菜先輩は目を妖《あや》しく光らせ、樹里に歩み寄る。

「ひぃぃぃぃ！　雪菜せんぱい、すみませんでしたっすー！」

「今さら遅《おそ》いわ……貴様のメス乳を八《や》つ裂《ざ》きじゃあぁぁぁ！」

「こ、こっち来ないでっすぅぅ！」

樹里は慌てて逃げようとしたが、雪菜先輩に羽《は》交《が》い紋《じ》めにされる。

むにゅう。

雪菜先輩は樹里の胸を後ろから豪快《ごうかい》に揉んだ。

「ひゃうんっ！」

「あら。思いのほか可愛い声で鳴くのね。なら、これはどうかしら？」

ぷるるん。

雪菜先輩が強く揉みしだくと、樹里の胸の形がダイナミックに動く。

「はうぅんんっ！　そ、そんなに強くしたらぁ……！」

「強くしたら、どうなるの？　樹里ちゃん。啓太くんに大きな声で教えてあげなさい」

「い、いじわるしないでぇ……」

樹里は、はぁはぁと呼吸を乱し、切なそうな顔で俺を見ている。

「樹里ちゃん。仲のいい先輩男子に痴態《ちたい》を見られている今の気分はどう？」

「だめぇぇ……啓太せんぱい、見ちゃいやぁぁっ……ん！」

「いいメス顔だわ。ふふふ、お姉さんと仲良くスケベしましょうね」

ダメだ。雪菜先輩のドＳスイッチがＯＮになっている。しかも、復讐《ふくしゅう》という特殊効果《とくしゅこうか》も手伝い、いつもの二倍のドＳっぷりだ。

悪いな、樹里。俺にあの悪魔を止めることはできそうもない。ダメな先輩でごめんよ。

俺にできることといえば、お前のスケベ顔を見ないでやることだけだ。

「……さ、散歩してきまーす！」

俺はそそくさと部屋を出た。

アパートの廊下に出て、俺は一度深呼吸した。

……ちょっと叫んでもいいかな？

あの二人エロすぎだろぉぉぉぉぉ！

まず雪菜先輩！　問答無用のエロさだったわ！　足の裏をつついただけで、どうしてあんなに可愛《かわい》い声が漏れるんだよ！　感じている顔にしか見えなかったよ！　ふざけやがって！　大満足だわ！

そして樹里！　お前はボーイッシュでアホで色気ゼロの後輩キャラだろ！　エロキャラに進出とか何テコ入れしてんだよ！　雪菜先輩の手によって物欲《ものほ》しそうなメス豚に調教されやがって！　おま……ちょっとドキドキしちゃったじゃねぇかよ！

くっ……樹里ごときにドキドキしてごめんなさい、雪菜先輩！

でも仕方がないんですよ……だって、おっぱいは男のロマンだからねッ！

……などと叫ぶとアパート中に聞こえるので、俺はその場でジタバタ悶えるしかない。

ここにいたら、部屋の中の声が聞こえてしまう。

「さて……チーズケーキでも買ってくるか」

俺は駅ビルのケーキ屋を目指して歩き出した。

……後日、樹里が赤点を取ったのは言うまでもない。

【雪菜先輩はおしっこがしたい】

二限の授業が終わってすぐに、クラスメイトの女の子に声をかけられた。

「啓太くん。ちょっとお願いがあるんだけど」

サイドテールの少女はにこっと笑った。

彼女《かのじょ》の名前は牧《まき》小《こ》未美《みみ》。このクラスの要注意人物である。

「小未美か……何か用？」

「ちょっとぉ。そんなに警戒《けいかい》しないでくんない？」

小未美はぷくっと頬をふくらませた。

俺は知っている。その可愛さに負けてお願いを聞くと、痛い目を見ることを。

「そりゃ警戒するよ。お前のあだ名『トラブル台風』じゃん」

小未美はトラブルメーカーだ……とまぁ、それくらいクラスに一人はいるだろう。

ただし、牧小未美は次元が違《ちが》う。デパートに行けば迷子になり、海に行けば水着が波にさらわれる。

それだけならまだ可愛いもので、小未美は他人をもトラブルに巻き込む性質がある。二つ名に『台風』の二文字があるのはそのせいだ。

花火大会の日にゲリラ豪雨《ごうう》を降らせたり、遊園地の観覧車を故障させて小一時間ほど客をゴンドラに閉じ込めるなど、前例は枚挙にいとまがない。一番ひどかったのは、季節外れのインフルエンザを大流行させて、全学級を閉鎖《へいさ》に追い込んだことだろう。

そんな小未美が俺にお願いをしてきたのだ。警戒するのは当然である。

「……聞くだけは聞こう。お願いってなんだよ」

「次の授業、地理でしょ？　資料室に行って地球儀《ちきゅうぎ》を取ってきてほしいんだ」

「地球儀一つなら手伝わなくてもよくないか？」

「私、演劇部の顧問《こもん》に呼ばれちゃって行けないんだ。お願いしてもいいかな？」

「うーん。快諾《かいだく》したいけど、小未美の頼みだしなぁ……」

「資料室の鍵《かぎ》、ここ置いとくね！　あとよろしくー！」

「あっ、こら！　まだ引き受けてないってば！」

小未美は「ごめーん！　お昼ジュースおごるからー！」と言いながら、走って教室を出ていった。

はぁ……気は進まないけど、行くしかないか。

まぁ資料室で起こるトラブルなんて、たかが知れている。教材が倒《たお》れてくるとか、その程度だろう。気をつければ問題ない。

俺《おれ》は鍵を持って資料室に向かった。

階段を上がり、廊下《ろうか》を突き進《すす》むと、資料室が見えてくる。ドアにかかった南京錠《なんきんじょう》は開いていた。

「先客がいるのかな……失礼します」

挨拶《あいさつ》しながら入室すると、そこには雪菜先輩《せんぱい》がいた。学校で会うとは珍しい。

目が合うと、雪菜先輩は冷たい目で俺を見た。

「よく来たわね。この変態フナ虫野郎《やろう》」

「地球儀取りに来ただけなのにそこまで言う⁉」

「嘘《うそ》ね。私のあとを追跡《ついせき》して来たんでしょう？　行き先が更衣室《こういしつ》でなくて残念ね」

「ストーカー扱《あつか》いしないでくれますかねぇ⁉」

俺のことをなんだと思っているのだ、この人は。

「まったくもう……雪菜先輩も教材を取りに来たんですか？」

「ええ。友達に頼まれてしまって」

「あ、じゃあ俺と一緒《いっしょ》ですね！」

「おそろいだって言いたいの？　いいこと、啓太くん。あなたと私の共通点はホモ・サピエンスであることだけよ。あまり舞《ま》い上《あ》がらないでくれる？」

「ほ、他にもありますよ！　同じアパートに住んでるし、トラモン好きだし……それに、意気地《いくじ》なしで臆病《おくびょう》なところも」

「そ……そんなことないわよ」

雪菜先輩がぷいっとそっぽを向いた。わずかに耳が赤くなっている。

映画館デート以降、雪菜先輩に変化が起きた。壁越《かべご》しでなくても、ほんの少しだけデレるようになったのだ。

ありのままの雪菜先輩と会話できる日はまだ遠い。

それでも、少しずつ俺たちの距離《きょり》は縮まっている。

その小さな一歩が、すごく嬉《うれ》しい。

「啓太くん。何をニヤニヤしているのよ」

「ふふふ。ナイショです」

「そう。私でエッチな妄想《もうそう》をしていたのね。あなたの卑猥《ひわい》さを今すぐＳＮＳで拡散するわ」

「うぉおおい、やめろ！　妄想なんてしてないですって！」

もう。雪菜先輩はすぐに俺を変態扱いするんだから――。

がしゃん！

資料室のドアが勢いよく閉まる音が、俺たちの会話をさえぎった。

大きな音に驚いていると、かちゃかちゃと金属が擦《こす》れる音が聞こえる。

『ドアは開けたら閉める！　施錠《せじょう》は必ずする！　まったく、高校生にもなってこんな当たり前のこともできないのか……』

教師らしい男の声がドアの向こう側から聞こえる。彼《かれ》の愚痴《ぐち》は足音とともに、次第に遠のいていく。

お、おい。まさか……！

「せ、先生！　中に人います！」

ドアに駆《か》け寄《よ》って、開けようと試みる。

しかし、ドアはビクともしない。外から施錠されてしまったようだ。

「おーい！　誰《だれ》かいませんかー！」

大声を出すが、誰も反応してくれない。

「ダメです、雪菜先輩。鍵をかけられたみたいです」

「それって閉じ込められたってこと？」

雪菜先輩の問いに、俺は力なくうなずいた。

油断していた……『密室に閉じ込められる』というトラブルもあったか。

小末美めぇぇぇぇ……俺はまだしも、雪菜先輩までトラブルに巻き込むなよ！

とにかく今は雪菜先輩を不安がらせてはいけない。声をかけて励《はげ》まそう。

そう思ったのだが、雪菜先輩は予想に反して涼《すず》しい顔をしていた。

「啓太くん。焦《あせ》ってはダメ。ここは密室ではないわ」

「どういうことですか？」

「私たちはこの部屋の鍵を持っているのよ？　開けて帰ればいいわ」

「……資料室は廊《ろう》下《か》側《がわ》の南京錠で施錠されています。俺たちが持っているのはその鍵です。内側から開けることはできません」

真実を告げると、雪菜先輩が冷《ひ》や汗《あせ》をだらだらとかき始めた。

マズいな。鍵の性質に気づかないなんて、聡明《そうめい》な雪菜先輩らしくない。すでに冷静さを失っている証拠《しょうこ》だ。

「落ち着いて、雪菜先輩。一緒に脱出《だっしゅつ》方法を考えましょう。必ず出られますよ。最悪、次の授業が終わったら他所《よそ》のクラスの人が資料を借りに来るでしょうし」

「……それでは遅いわ」

「遅いって？」

「お……おしっこ漏《も》れちゃう……」

雪菜先輩は青ざめた顔でそう言った。

予想外のピンチに頭の中が真っ白になる。

「あの……マジですか？」

尋《たず》ねると、雪菜先輩は内股《うちまた》になりながら、屈辱的《くつじょくてき》な表情を浮《う》かべてうなずいた。

ただでさえ危機的状況《じょうきょう》なのに、さらにはおしっこが漏れそう……だと？

いや落ち着け。俺がパニックになったら、雪菜先輩も不安になる。せめて俺だけは冷静でいないと。

さて。状況を整理しよう。

部屋は密室。脱出は不可能。雪菜先輩の尿意《にょうい》は限界点に近い。

つまり、このままだと雪菜先輩は屈辱《くつじょく》のお漏らしコース。あるいは、この資料室で用を足すことになるだろう。

なるほどな……って冷静でいられるかぁぁぁ！

どっちに転んでも、俺の隣《となり》で雪菜先輩がとんでもないことに！　それだけは絶対に避《さ》けなきゃ！

事態を把握《はあく》した瞬間《しゅんかん》、場の雰囲気が一気に緊張《きんちょう》した。

「雪菜先輩！　手分けして脱出方法を探しましょう！」

「え、ええ！」

言葉を交《か》わす時間さえ惜《お》しい。俺が目で合図すると、雪菜先輩は部屋の左半分を捜索《そうさく》し始めた。俺は残りの右半分を調べる。

資料室は狭《せま》く、廊下側に窓がない。反対側にはあるが、ここは三階。窓から出ることは不可能だ。

廊下側の壁《かべ》の下に通気用の引き戸があるが、鍵が壊《こわ》れていて開かない。この引き戸から脱出するのも難しいだろう。

何か脱出に使えそうな物を探してみる。しかし、めぼしいものは見つからなかった。

「雪菜先輩。こちら側はダメそうです」

「こっちもダメね……」

「その……我慢《がまん》できそうですか？」

「……ちょ、ちょっと厳しいかも」

雪菜先輩は珍しく弱気だった。

スカートの裾《すそ》をぎゅっと握《にぎ》り、内股になる雪菜先輩。足をもぞもぞと忙《せわ》しなく動かしながら「くふぅ……んっ！」と切ない声を上げた。心なしか頬も赤くなっている。

……どうすればいい？

ここから脱出できるのが一番いいが、二人の知恵を絞《しぼ》っても無理だった。

となると、誰かが来るのを待つしかない。その場合、雪菜先輩のトイレ問題を解決する必要がある。

……やっぱり、ここでするしかないのか？

いや無理だろ！　男の俺がいるんだぞ⁉　目の前でしてもらうわけにはいかないよ！

だが、このままではお漏らし確定。あるいは、膀胱炎《ぼうこうえん》で救急車だ。

……怒《おこ》られる覚悟《かくご》で提案するしかない。

「雪菜先輩。もしものときは言ってください」

「えっ？　どういうこと？」

「限界を迎《むか》えたら、覚悟を決めてここでするしかありません」

「あなたの目の前で用を足せというの？　さすが変態。セクハラで百回死刑《しけい》だわ」

「ペナルティ重っ！　いやさすがに目の前でとは言いませんよ。俺に目隠《めかく》しと耳栓《みみせん》と鼻栓《はなせん》をして、縄《なわ》で縛《しば》った後、そこの掃除《そうじ》ロッカーに閉じ込めてください。それくらいすれば、雪菜先輩も安心でしょう？」

「そ、それは安心だけど……どうしてそこまでするの？　こんなときだというのにドＭの血が騒《さわ》いだの？」

「どういう性癖《せいへき》だよ！」

たしかに今言ったシチュエーション、完全にマニア向けだけども！

「雪菜先輩のためにできることをしたいだけです。雪菜先輩が救われるのなら、俺はどんなことでもしますよ」

「啓太くん……私のために率先《そっせん》してドMプレイを……ごめんなさい。やっぱりキモいわ」

「だから誤解ぃ！　俺はただ、雪菜先輩を助けたいだけなんですって！」

失禁なんてしたら、プライドの高い雪菜先輩は深く傷つく。

俺は雪菜先輩の泣き顔なんて見たくない。

そう思ったんだけど……雪菜先輩が拒否《きょひ》するのなら仕方がないか。別の方法を考えよう。

「啓太くん」

雪菜先輩はむすっとした顔で手を出した。

「……バケツ。掃除ロッカーから取ってきて」

「え？」

「あなたの提案に渋々乗ると言っているのよ。早くしなさい。変態グズ」

雪菜先輩はぷいっとそっぽを向いた。内股のままで、心なしか足が震えているように見える。

まったく……素直《すなお》じゃないんだから。

そこも含《ふく》めて可愛いと思うのは、惚《ほ》れた弱みなのだろうか。

「啓太くん。本当に早くして……で、でないと……！」

雪菜先輩は青白い顔で催促《さいそく》した。どうやらもう限界らしい。

俺は掃除ロッカーを開けて青いバケツを用意した……が、肝心《かんじん》なことに気づいた。

……目隠しとかどうする？

「雪菜先輩。目隠しや縄の代わりとかありますか？　耳栓ならスマホにイヤホンを挿《さ》して、大音量で音楽流せば代用できると思うんですけど……」

「大丈夫。アイマスクと縄ならそこにあるわ」

雪菜先輩が資料室の隅《すみ》っこにある棚《たな》を指さした。なんでそんな物が学校にあるんだよ。

ここは秘密のＳＭ部屋か。

「啓太くん。お望みどおり、縛ってあげる」

「変な言い方しないでくださいよ……」

雪菜先輩は俺にアイマスクをつけた。視界はもう真っ暗だ。

がさごそと物音が聞こえる。きっと雪菜先輩が縄を用意しているのだろう。

そして、俺はあっという間に上半身をぐるぐる巻きにされてしまった。

縄が腕《うで》に食い込むこの感覚。そして女子高生に目隠しをされて縄で縛られているこの状況……背徳感がすごいんだが。

鼻の穴にティッシュを詰められて、仕上げにイヤホンを耳に入れられた。大音量で流れてくるのは『トラモン』の代表曲『わさびが目に染《し》みる』だ。

音楽しか聞こえず、身動きも取れなくなった。何をされるわけでもないが、ちょっぴり怖《こわ》い。五感を奪《うば》われるのって、こんなにも不安になるものなのか。

雪菜先輩に手を引かれ、俺は掃除ロッカーに入った。

「せ、狭いな……」

掃除ロッカーには掃除用具も入っている。見た目以上に窮屈《きゅうくつ》だった。

少し身をよじると、硬《かた》くて細い物に膝《ひざ》が当たった。

次の瞬間、イヤホンがすぽーんと抜《ぬ》ける。

がんっ。

ロッカーに何かが当たる音がした。

まさか……今俺の膝に当たったのって箒《ほうき》？

「そうか……箒を倒して、持ち手の部分がイヤホンのコードに引っかかったんだ……！」

その拍子《ひょうし》にイヤホンが外れたのか……って、それはマズい！

これから雪菜先輩のお花摘《はなつ》みタイムなんだぞ！　音聞こえちゃうよ！

腕も縛られているため、イヤホンを耳に入れ直すこともできない。

くっ……どうすればいい？

慌《あわ》てて思考を巡《めぐ》らせていると、雪菜先輩の声が聞こえてきた。

『やっちゃったぁ……またやっちゃったよぉぉぉぉ！』

学校でも叫ぶの⁉

そうか。雪菜先輩は俺のイヤホンが外れたことを知らない。だから、安心しきって素《す》をさらけ出しているんだ。

『好きな人におトイレの心配されちゃった……ううっ、恥《は》ずかしくてお嫁《よめ》に行けないよぉ』

たしかに恥ずかしいですよね、わかります！　でも生理現象だから気にしないで！

それとお嫁に行けない問題も心配ないですよ、雪菜先輩。

何故《なぜ》かって？

それは俺があなたを迎えに……言わせんなよ（イケボ）。

『啓太くんに気をつかわせて、軟禁《なんきん》状態にしちゃったし……ごめんね、啓太くん。「雪菜先輩のためにできることをしたい」って言ってくれてありがとう。啓太くんのそういう優《やさ》しいところ、大好きだよ……えへへ。ひとり言とはいえ、好きって言うの恥ずかしいな。私も啓太くんに好きって言ってもらえるように、雪菜がんばるぴょん！』

雪菜先輩のデレはどんどん加速していく。

……ちょっと叫んでもいいかな？

雪菜先輩可愛《かわい》すぎだろぉぉぉぉ！

何言ってるの！　好きな人に優しくしたいって思うのは当たり前だよ！　雪菜先輩だって、なんだかんだ俺に優しいの、知ってるんだからね！　本当にいつもありがとう！

壁越しなら好きって言えるのに、面と向かっては言えないよね！　わかる！　少しずつ気持ちを伝えあっていこうね！

あ、それとツッコむの忘れてたけどさ……「雪菜がんばるぴょん！」って、なんだよその語尾《ごび》！　メルヘン雪菜モード全開かよ！　とっても可愛いぴょん！　萌《も》え萌えぴょん！

……などと叫ぶと雪菜先輩に聞こえてしまうので、俺はその場で歯を食いしばるしかない。

『うっ……そろそろ限界だぁ……っん！』

雪菜先輩が苦しそうな声を漏らした。

ヤバい！　聞いちゃいけない音が聞こえちゃう！

そのときだった。

がちゃがちゃ。

廊下から鍵をいじるような音が聞こえる。

『だ、誰か来たの⁉』

雪菜先輩の弾《はず》むような声がした。

次いでドアの開く音がすると、『啓太くんいる？　閉じ込められてない？』と俺を案ずる声が聞こえてくる。

間違《まちが》いない。この声は小末美だ。

資料室から戻《もど》ってこない俺を心配して、授業を抜け出《だ》してきてくれたんだ。た、助かったぁ……。

『あれ？　あなたは、たしか啓太くんと仲のいい先輩――』

『ごめんなさいありがとうさようならー！』

ドタドタドタ！

床《ゆか》を蹴《け》る音が聞こえる。足音から察するに、雪菜先輩は大慌《おおあわ》てでトイレに向かったのだろう。

よかった。雪菜先輩のお花摘みタイムの音を聞かずに済んだぜ。

――と、安心したのも束《つか》の間《ま》だった。

『おかしいなぁ。啓太くんもここにいるはずじゃ……ってバケツが出しっぱなし。しまわなきゃ』

バケツをしまう。それはすなわち、俺が隠《かく》れている掃除ロッカーを開けるということ。

マズい！　こんな姿見られたら、ドM玄人《くろうと》の称号《しょうごう》をいただいちゃう！

しかし、拘束《こうそく》された俺ができることは何一つなかった。

無情にもドアが開く。

やや間が合って、

「ぎゃあああああああっ！」

小未美の絶叫《ぜっきょう》が耳をつんざく。

「へっ、変質者ぁぁ！」

「違うよ、小未美！　俺だよ！　啓太だ！」

「え……うわぁ、本当だ！　啓太くんが特殊性癖《とくしゅせいへき》に目覚めたぁぁぁ！」

「目覚めてねぇわ！　俺がこの格好をしているのは、雪菜先輩のおしっこのためだから！」

「ひぃぃぃっ！　このタイミングで女子のおしっこの話するとか怖すぎるぅぅ！」

「だよね、俺もそう思う！　今のは言い方が悪かった！　とにかく話を聞いてくれ！」

「やだぁ！　こっちこないでよぉぉ！」

ドタドタドタ！

足音が遠のいていく。小未美が逃《に》げたのだ。

「待って！　せめて縄をほどいてぇぇぇ！」

必死に叫《さけ》ぶが、小未美は戻ってこなかった。

「……俺、特殊性癖じゃないもん。ぐすん」

俺の涙声《なみだごえ》は誰もいない資料室で虚《むな》しく響《ひび》いたのだった。

ちくしょう！

もう二度と小未美の手伝いはしないからなっ！

【雪菜先輩と中二病】

長かった一学期が終わり、今日から夏休みが始まる。

クラスメイトは海や花火大会など、夏のイベントの計画を立てていた。まぁ俺は行かないけど……べ、別に誘《さそ》われなかったわけじゃないんだからね！　雪菜先輩と遊ぶために予定を空けているだけなんだからね！

まぁまだ雪菜先輩を遊びに誘えてないから、スケジュールは空白だが……な、泣いてなんてないんだからね！

というわけで、俺は今、雪菜先輩が部屋に来るまで自宅待機している。我ながら暇人《ひまじん》だ。

ピンポーン。

部屋で一人テレビゲームをしていると、インターホンが鳴った。

雪菜先輩は鳴らさずに入ってくるし……もしかして樹里かな？

「はーい。今でまーす」

俺は立ち上がって玄関《げんかん》に向かい、ドアを開けた。

そこには見慣れない女の子がいた。

金糸のように美しい髪《かみ》。宝石のようにキラキラしている青い瞳。雪のように白い肌《はだ》。どう見ても外人さんだ。背は低く、150センチを下回るだろうか。

彼女は制服を着ている。この制服は……たしか近所の女子高だったと思う。小学生のような見た目をしているけど、どうやら俺と同じ高校生のようだ。

少し異質なのは……彼女が眼帯をしていること。そして右腕に包帯を巻いていることだ。

彼女は意味深に笑い、かっこつけて手を額に当てた。

「ククク……我は冥府《めいふ》の国を総《す》べる者、邪眼王《じゃがんおう》シャルロットである。そなたとの邂逅《かいこう》、楽しみにしておったぞ。闇《やみ》の眷属《けんぞく》よ、密なる契約《けいやく》を交わそう――」

がちゃん。

俺は何も見なかったことにしてドアを閉めた。

なんだ。ただの中二病か。関《かか》わらないほうがよさそうだ――。

ピンポンピンポンピンポンピンポンピンポン！

金髪《きんぱつ》少女はインターホンを連打してきた。め、めんどくせぇ……。

俺は渋々《しぶしぶ》ドアを開けた。

「なんで閉めちゃうの！　引《ひ》っ越《こ》しのご挨拶に来たのにっ！」

シャルロットと名乗った少女は頰《ほお》をふくらませて、涙目《なみだめ》で訴《うった》えた。

「はぁ。引っ越して来た方でしたか。俺の名前は田中啓太《たなかけいた》です。君は留学生？」

「ククク。我は遠路はるばる冥府の国より……ってドア閉めないで！　イギリスだよう、イギリス！」

彼女は慌ててドアを掴《つか》み、普通に答えた。ふむ。なんとなく扱い方《かた》がわかった気がする。

「で、シャロちゃんはどうして日本に来たの？」

「シャロちゃん言うな！　こほん。ククク……日《ひ》の本《もと》の国には強い魔力《まりょく》の波動を感じてな。枯渇《こかつ》した魔力を補給《チャージ》しに来たのだ」

「ふーん」

「反応薄《うす》っ！　もっと興味持ってよ！」

シャロは「むきぃー！」と叫びながら地団駄《じだんだ》を踏《ふ》んだ。いじりがいしかないな、この子。

「それにしても、シャロちゃんは日本語が流暢《りゅうちょう》だね」

「我《わ》が姉君の影響《えいきょう》だ。姉君はこの国で闇の秘密結社の諜報員《ちょうほういん》として活動しているのでな。その関係で我も日の本の国に興味を持ち、語学勉強に勤《いそ》しんだのだ。ちなみに姉君も同じアパートに住んでおる」

そういえば、上の階に外人のお姉さんが住んでいたっけ。シャロはお姉さんに紹介《しょうかい》されてこのアパートに来たのかもしれない。

「ところで、秘密結社の一員だってバラしていいの？　秘密じゃないの？」

「ああっ！　それはね、えっと……ククク。姉君はイラストレーターさんだ」

闇でも秘密でもなかった。設定ボロボロじゃん。

「ま、まぁいい。今後もよろしく頼《たの》むぞ、眷族《けんぞく》よ……あっ！　ゲーム！」

シャロは目を輝《かがや》かせて俺の部屋の奥《おく》を指差した。

「啓太はゲームやるの⁉」

「シャロちゃん。設定は？」

「あっ……ククク。あの悪魔の匣《はこ》からは魔力を感じる。少し調べさせてもらうぞ」

シャロは俺の部屋に上がった。ゲーム機からは電力と熱しか感じないと思うけど、言わないでおこう。

シャロは俺の部屋を見回して歓声《かんせい》をあげた。

「おおっ！　ゲームにマンガにアニメＤＶＤ……魔力をビンビン感じるぞ！」

「シャロちゃんは日本のサブカルチャーが好きなの？」

「シャロちゃん言うな！　ククク。言ったであろう？　我の目的は魔力の補給であると」

「えっと……つまり、マンガやゲームが好きで日本に来たってこと？」

「うんっ！　特にアニメが好きぃ！」

ただの教育の行き届いたオタクだった。中二病も日本のアニメの影響だろう。

「眷族よ。しばらくの間、貴様の家で魔力を補給してもいいな？」

「人の家をヒーリングスポットにするなよ……まぁちょっとならいいけど」

「わーい！　あっ……ククク。魔力を欲《ほっ》した邪眼が疼《うず》いておるわ」

シャロはマンガの棚《たな》を興味深そうに眺《なが》め始めた。ちょいちょい設定忘れるなー、この子。がちゃん。

玄関のドアが開くと、雪菜先輩が部屋に入ってきた。

夏休みなので制服は着ていない。Ｔシャツにデニム地の短パン、黒のニーソックスという格好だ。

「邪魔《じゃま》するわよ……うん？」

雪菜先輩はシャロを一瞥《いちべつ》して眉《まゆ》をひそめた。

「啓太くん。今度は洋モノに目覚めたの？」

「洋モノって言わないでくれます!?」

なんでちょっと誤解を生む言い方するんですか、あなたは。

「そうだ、シャロ。紹介するよ。こちらは雪菜先輩。アパートのお隣さんだ」

シャロに声をかけると、彼女は意味深に笑った。

「ククク。我の名は邪眼王シャルロット。このアパートに越《こ》してきた、冥府の国の統治者である。よろしくな」

「そう。シャロちゃんというの」

「シャロちゃん言うな！」

早速《さっそく》いじられるシャロ。瞬時《しゅんじ》に彼女の愛《め》で方を見抜《みぬ》くとは、さすが雪菜先輩だ。

「雪菜よ。貴様も我の眷族となるのだ。生意気な態度は許さぬ。絶対だめなんだからね？」

シャロはちんまい胸を張ってそう言った。

一方、雪菜先輩はニヤニヤしている。どうせロクでもないことを考えているに違いない。

「シャロちゃん。日本には下僕《げぼく》が主人に忠誠を誓《ちか》う儀式《ぎしき》があるのをご存知《ぞんじ》？」

「何？　儀式だと？」

「主人が眷族の足を舐《な》めるの。日本では一般的《いっぱんてき》な儀式よ」

なんだそのめちゃくちゃな儀式は。せめて逆だろ。

「雪菜先輩。無知な人間を騙《だま》すのは、さすがにやり過ぎですって――ぐほっ！」

耳打ちすると、雪菜先輩は俺の脇腹《わきばら》に肘《ひじ》を沈《しず》めてきた。

「お黙《だま》り、駄犬《だけん》。私からオモチャを奪う気？」

「今オモチャって言った！　たしかにいじりがいはありますけど、こんな純粋《じゅんすい》な子を騙すのは――ひぐっ！」

続けて雪菜先輩は俺の足を踏みつけた。

「ゆ、雪菜？　啓太は何を悶《もだ》えておるのだ？」

「気にしないで、シャロちゃん。そんなことより『闇の契約の儀《ぎ》』の件、どうする？」

「や、闇の契約の儀……！」

シャロはその中二病染《じ》みたネーミングを聞いた途端《とたん》、目を輝かせた。ダメだ。この子アホだから足舐めちゃうよ。

しかし、意外にもシャロは渋《しぶ》った。

「でも雪菜。イギリスではそういうのないよ？」

「イギリス？」

「あっ……ククク。間違えた。冥府の国だった。英国は第二の故郷である」

「なるほど。そういう設定ね」

「設定ちゃうわ！　とにかく、他人の足を舐めるなど高貴な我のやることではない」

「契約しないと、この部屋にはいられないわよ？」

「えっ？　ゲームできないの？」

シャロはこの世の絶望を見たような顔をしている。

なんだか可哀《かわい》そうになってきたな。シャロちゃん。いつでもゲームしに来ていいからね？

「でも、やっぱり抵抗《ていこう》あるなぁ……そうだ！　まずは雪菜！　貴様が手本を見せてみよ！」

　シャロは雪菜先輩をビシッと指差した。

「私がお手本を？」

「うむ。ポピュラーな儀であるならば、この場でできるであろう？　試《ため》しに啓太と契約を交わしてみよ。そうすれば信じてやろう」

　それは無理な話だ。ドSな雪菜先輩が俺の足を舐めるはずがない。

「なっ……ど、どうして私が啓太くんと契約を結ぶのよ」

　雪菜先輩がうろたえる。

　これに気をよくしたシャロは、人を小馬鹿《こばか》にするように笑った。

「ククク。できないのか？　度胸がないな。闇の眷属どころか、家畜《かちく》にすら劣《おと》る存在め」

おまっ……雪菜先輩のプライドを刺激《しげき》するなよ。すぐムキになっちゃうんだから、この人は。

　ちらりと雪菜先輩を見ると、額にうっすらと血管が浮き出《で》ていた。安定の沸点《ふってん》の低さである。

「……シャロちゃん。誰が家畜に劣る存在ですって？」

「ククク。王たる我の命令が聞けない貴様だ、雪菜。犬でも飼い主の命令くらい聞けるぞ？　貴様は駄犬、あるいはそれ以下である」

ぶちぃん。

何かがブチ切れる音がした。いかん。死者が出るかもしれない。

「……言うじゃない。いいわ、やってあげる。啓太くん。私の足を舐めなさい」

ほら。言わんこっちゃない……って俺が舐めるの⁉

「雪菜先輩。主人が下僕の足を舐める設定では？」

「主人の命令よ」

「いや、でも……」

「いいから舐めなさい！　この発情ミジンコ野郎がッ！」

「は、はいぃぃ！　喜んで舐めさせていただきます、ご主人様ぁぁ！」

あまりの威圧《いあつ》感についい服従してしまった。だって怖いんだもん、この人。

雪菜先輩はベッドに腰《こし》かけ、ニーソックスをするすると脱《ぬ》いだ。陶器《とうき》のような美しい脚《あし》があらわになる。

先輩はそのまま脚を組んだ。

「……舐めなさい」

いざ本番となると、雪菜先輩も緊張しているようだった。

俺は跪《ひざまず》き、雪菜先輩の小さな足を手に取った。爪《つめ》を見ると、薄いピンク色のペディキュアが塗《ぬ》られている。シンプルだけど、とても可愛《かわい》い。

雪菜先輩の足の親指がもぞもぞと動く。まるで俺を誘っているようだ。

「し、失礼します……」

とうとう俺は顔を近づけた。

少しだけ熱を感じる。先ほどまでニーソックスを履《は》いていて、蒸《む》れていたからだろうか。

「こ、こらぁ……生温かい息をかけないで……っ！」

雪菜先輩が甘《あま》い声を漏らす。

いつものドSな声じゃない。完全にメスの声だ。

いくら好きな人とはいえ、足なんて舐めたくない。

そう思っていたのに、今ではちょっとドキドキしている自分がいる。

くっ……俺はまた雪菜先輩に新たな性癖を開拓《かいたく》されたというのかッ！

「啓太くん。は、早くしなさい」

「ふぅん。欲《ほ》しがりますね、雪菜先輩」

「あ、あなたねぇ……調子に乗るんじゃないわよ？」

「そんな生意気な口を利《き》いていいんですか？　ふぅー」

「やぁんっ！」

びくんっ！

吐息《といき》を足先に吹《ふ》きかけると、雪菜先輩は震《ふる》えながら背筋を反らした。

ヤバい、これなんかハマる！　あのドSな雪菜先輩を征服《せいふく》している感じがとてもいい！

否定し続けてきたが、今！　この瞬間だけは、俺《おれ》が変態であることを認めよう！

自制心が崩壊《ほうかい》した俺に、もう躊躇《ためら》いはない。シンデレラにガラスの靴《くつ》を履かせるように、雪菜先輩の足をすくい上げる。

そして、俺はその美しい足に唇を近づけて――。

「や、やっぱり無理ぃ！」

ごきっ！

雪菜先輩が叫びながら蹴り上《あ》げると、ちょうど俺のあごにヒットした。

不意を突《つ》かれた俺は倒《たお》れた。舌を噛《か》まなかったのは不幸中の幸いである。

「啓太くんの顔面が卑猥《ひわい》すぎるよぉ！　生理的に無理ぃぃぃぃ！」

「悪口が思いのほか辛辣《しんらつ》っ！　あっ、ちょっと雪菜先輩！」

雪菜先輩は部屋から出て行ってしまった。

「いてて……相変わらず足癖《あしくせ》悪いなぁ」

「ククク。やはり偽計《ぎけい》であったか。我を謀《たばか》るなど百年早いわ！」

隣でシャロが「わーっはっは！」と大笑いしている。君は無邪気《むじゃき》で可愛いねぇ。

「シャロちゃん。ゲームやっていいよ」

「ほんと⁉　わーい！」

シャロは目を輝かせ、嬉《うれ》しそうにゲーム機の電源を点《つ》けた。

さて……そろそろ例の時間か。

俺はシャロに気づかれないように壁際《かべぎわ》に移動した。

『やっちゃったぁ……またやっちゃったよぉぉぉぉ！』

隣の部屋から、雪菜先輩の神ボイスが聞こえてきた。

『また啓太くんのこと蹴っちゃった……ごめんね、啓太くん。あんな変態みたいなことされると思ったら、ドキドキしちゃったんだ』

わかりますよ、雪菜先輩！　俺もめちゃくちゃドキドキしてましたから！

『でも、恥ずかしくなっちゃった。だって、啓太くんの顔がドスケベだったんだもん。またエッチなこと考えてたんだろうなぁ……もしかして、啓太くんはもっと刺激が強いのをお望みなのかな？　こ、困ったなぁ……』

雪菜先輩は『そ、そういうのはお付き合いしてからだよ！　めっ！』と俺を嗜《たしな》めた。

……ちょっと叫んでもいいかな？
雪菜先輩可愛すぎだろぉぉぉぉぉ！
顔がドスケベってなんだよ！　元々こういう顔じゃい！
あとエッチなこと考えてたって言うけど、足舐めろって言うあなたも十分エッチです
よ！　しかもドキドキしてたんでしょ？　完全にスケベだよ！　最高かよ！
それと前に言いましたけど、付き合うまではスケベなしですから！
……まぁ刺激が強いのはお望みですけどねっ！　んふー、んふー！
……などと鼻息荒く叫ぶと雪菜先輩に聞こえてしまうので、俺はその場でジタバタ悶え
るしかない。
『啓太くんって、もしかして足フェチ？』
雪菜先輩の天然発言に、開いた口が塞《ふさ》がらない。
これがあるから、雪菜先輩は憎《にく》めない。
「雪菜先輩。あなたが足技《あしわざ》ばかり仕掛《しか》けてくるだけですよ」
壁の向こうにいる雪菜先輩に、ため息まじりにそう言った。
もちろん、彼女《かのじょ》に聞こえると困るから小声でね。
「啓太ぁ！　このレースゲーム一緒《いっしょ》にやろー！」

シャロが俺を呼んでいる。子どもか、君は。

「うん。今行くよ。ところで、設定は？」

「あっ……ククク。眷属よ！　我とともに闇と戯《たわむ》れようではないか！」

シャロはコントローラー片手に笑った。

なるほどな。こりゃ雪菜先輩もいじりたくなるわけだ。

この後、めちゃくちゃゲームした。

シャロが帰ったのは、お腹《なか》が空《す》き始める午後五時だった。だから子どもか。

【雪菜先輩と遊園地（遊園地編1）】

買い物から帰ると、部屋には雪菜先輩とシャロがいた。

最近はシャロも俺の部屋に入り浸《いびた》るようになった。目的は枯渇した魔力の補給、もといゲームである。

二人は例のレースゲームをしている。よほど集中しているのか、俺の存在に気づいていない。

声をかけようと近づくと、急にシャロが叫んだ。

「んなぁー！　またコーナー曲がり切れなかった！」

「シャロちゃん。初心者は減速して曲がるのが鉄則なのよ。覚えておきなさい」

そしてこのドヤ顔である。雪菜先輩も最近までコーナー苦手だったくせに、先輩面しているのがなんとも微笑《ほほえ》ましい。

「こんにちは、二人とも」

俺が挨拶《あいさつ》すると、二人はゲームを中断してこちらを見た。

雪菜先輩はTシャツと短パンというラフな格好で、シャロは紫を基調としたワンピース姿だった。

「ククク……啓太よ。魔力をいただきに邪魔しておる」

「そっか。シャロちゃん、ゲーム楽しい？」

「シャロちゃん言うな！　うん、楽しいよ！」

シャロは満面の笑《え》みで答えた。素直でめんこいのぉ、この子は。

一方、雪菜先輩は俺を冷めた目で見ている。

「啓太くん。洋モノはまだしも、小学生に手を出すのはさすがにマズいわ」

「小学生言うな！　我は高校生なのっ！」

「あら。シャロちゃん。設定は？」

「あっ……ククク。我は悠久《ゆうきゅう》の時を生きる邪眼王である。年端《としは》もいかぬ餓鬼《がき》と一緒にするでない」

シャロは意味深に笑った。なんだかんだ言って、二人は仲良くなったようだ。

二人のやり取りを微笑ましく思っていると、突然《とつぜん》シャロが「あっ、そうだ！」と手を打った。

「ククク。今日は二人に贈《おく》り物《もの》がある。日《ひ》頃魔力《ごろまりょく》を供給してもらっている礼だ」

そう言って、シャロはチケットを差し出した。

「シャロちゃん。この券は？」

「冥府より召喚《しょうかん》された闇の遊技場《ゆうぎじょう》への招待券である。血沸《わ》き肉躍《おど》るアトラクションの数々が我らを待ち受けているぞ」

「や、闇の遊技場？」

「ククク……どうした、啓太よ。死の香《かお》りに震えて言葉も出ないか？」

「いや。中二病の言葉を上手《うま》く変換《へんかん》できなくて……あ。これ隣街《となりまち》の遊園地の招待券じゃん」

「んなぁー！　なんで真っすぐ直しちゃうの！　かっこよかったのにぃ！」

俺の胸をぽかぽか叩《たた》くシャロ。どう見ても幼女です本当にありがとうございました。

「もしかして、このチケットくれるの？」

「うむ。姉君から四枚もらったので皆《みな》を誘って行こうと思うが……ど、どうかな？」

「絶対に喜ぶと思う。俺が保証するよ」

「ほんと⁉　みんな楽しんでくれる⁉」

「当たり前じゃないか。ありがとね、シャロちゃん」

シャロの頭をなでると、彼女はくすぐったそうに目を細めた。

遊園地か。高校生になってから行ってないな。雪菜先輩とアトラクション乗るの、楽しみだ。

――と、そこまで考えてはっとする。

「これ四枚なんだよね？　あと一人は誰《だれ》を誘ったの？」

「ククク。我は天涯孤独《てんがいこどく》の身。最後の生贄《いけにえ》は眷族に任せよう」

「シャロちゃん、ぼっちなんだ……」

「かわいそうな目で見るなぁ！」

シャロは涙目で訴えた。

……よくよく考えたら、俺の周りってぼっち率高くね？　俺や雪菜先輩も友達少ないし、樹里もあまり友達を作らないタイプ……あ。

「そうだ。樹里を誘おう」

「樹里？　誰それ？」

「後輩《こうはい》の女の子だよ。シャロちゃんとも仲良くなれると思う」

「ククク。啓太の眷族は我の眷族。配下に加えよう」

シャロの配下に樹里が加わる……どうしてだろう。ハイテンションの樹里がシャロを愛でる光景が目に浮《う》かぶ。

つくづく面白《おもしろ》い子だなぁと思っていると、インターホンが鳴った。

「お邪魔しますっすー」

噂《うわさ》をすればなんとやら、樹里が部屋に上がってきた。

「あれ？　こちらの可愛い女の子はどちら様っすか？」

樹里はシャロを見て尋《たず》ねた。

「ククク。我は邪眼王シャルロット。イギリス……じゃなくて冥府の国より来た魔族《まぞく》である。よろしく頼む」

「おー！　よくわかんないけど、かっこいいっす！」

「ふふん。そうであろう？　貴様とは気が合いそうだ」

「そうっすね！　よろしくっす、シャロちゃん！」

「シャロちゃん言うな！　我は邪眼王なのー！」

「可愛いっすねぇ、シャロちゃんは」

「ふあっ……あ、頭なでるなぁ……！」

シャロは抗議《こうぎ》したが、なでられた気持ちよさに負けて笑顔《えがお》になった。早速愛《さっそくめ》でられてるやんけ。

「今ちょうど樹里の話をしていたんだ。遊園地のチケットが一枚余ってるんだけど、一緒に行かない？」

チケットを見せながら誘うと、樹里は目を輝かせた。

「マジっすか！　ウチも行きたいっす！」

「これで人数集まったな。よかったですね、雪菜先輩……って、どうかしました？」

雪菜先輩の様子がおかしい。自分の体を抱《だ》きしめて震えている。

「ジェットコースター……フリーフォール……忌々《いまいま》しいアトラクションが蔓延《はびこ》る魔境《まきょう》だわ」

雪菜先輩は何かに怯《おび》えるようにそう言った。遊園地のことを魔境って言う人初めて見たわ。

もしかして……絶叫マシンが苦手なのか？

だとすれば、乗れるアトラクションも限られてくる。

しかも、この遊園地は絶叫系がウリの遊園地だ。俺たちが絶叫マシンで楽しんでいる間、雪菜先輩は一人で休憩《きゅうけい》することになってしまう。

そんなの嫌《いや》だ。

俺は雪菜先輩を含《ふく》めた四人で楽しく遊びたい。誰か一人だけ笑顔になれないなんてお断りだ。

「俺、メリーゴーランドや観覧車に乗りたいな。雪菜先輩。ジェットコースターよりもそっちに乗りません？　よかったら付き合ってください」

「啓太くん……」

雪菜先輩の表情が柔《やわ》らかくなるが、すぐにむっとした表情に変わってしまった。

「し、仕方ないわね。たまには下僕の戯れに付き合ってあげるわ」

「あはは。ありがとうございます」

「何笑っているのよ。生意気な豚《ぶた》ね」

雪菜先輩は俺の脚をげしげし蹴った。相変わらず素直《すなお》じゃないなぁ。ま、そこが雪菜先輩の魅力《みりょく》なんだけどね。

よし。これでみんな仲良く遊園地で遊べる――。

「おや？　もしかして、雪菜せんぱいって絶叫系が苦手なんすか？」

それ地雷《じらい》ぃぃぃぃぃぃ！

樹里ぃ！　お前どんだけ空気読めないんだよ！　天然もいい加減にしろ！

「……は？　このおっぱいお化けは何を言っているのかしら。私に苦手な物なんてないわ」

「マジっすか！　よかったぁ。じゃあ一緒にジェットコースターに乗ろうっす！」

「い、いいわよ。受けて立つわ」

雪菜先輩は引きつった笑みで応じた。無理しているの、バレバレなんですが……。

「あの、雪菜先輩。見栄《みえ》を張らなくても、俺と一緒に安全なアトラクションで遊んだほうが……」

「余計なお世話よ。あなたは一人観覧車に乗ってエア彼女とイチャイチャしていなさい」

「そんな悲しい妄想《もうそう》しないよ！」

「うるさい下僕。乗ると言ったら乗るのよ。ドSに二言はないわ」

雪菜先輩は再び俺の脚をげしげし蹴った。

ドSに二言はないってなんだよ。あなた、わりと二言だらけですけど？

「では日程を決めましょう。遊園地は週末でいいかしら？」

「「はーい！」」

雪菜先輩が尋ねると、樹里とシャロは元気よく返事した。

「あはは……週末、楽しみですねー……」

俺は心にもないことを言って笑った。

こうして俺たちは不安だらけの遊園地に行くことになったのだった。

【雪菜先輩は絶叫マシンが苦手（遊園地編２）】

週末、俺たち四人は隣街の遊園地にやってきた。

園内はアミューズゾーン、キッズゾーン、ショップゾーンに分かれており、それぞれに見合ったアトラクションや施設《しせつ》が集まっている。

この遊園地はジェットコースターがウリというだけあり、嫌でも巨大《きょだい》なコースターが目に入る。ただ高いだけじゃない。螺旋状《らせんじょう》のレールだったり、レールの上下が反転していたりと絶叫要素が満載《まんさい》だ。雪菜先輩、大丈夫《だいじょうぶ》だろうか……。

「夜のイベントで花火が上がるんだって。それまではアトラクションで遊ぼうか」

昨夜ネットで調べたところ、この遊園地は今日から三日間限定でナイトパレードがあるらしい。そのパレード中に打ち上げ花火の演出があるのだとか。過去の映像を見る限り、かなり派手に打ち上げるみたいだ。

「よぉし、花火まで遊びまくろうっす！　啓太せんぱい、何乗ります⁉　やっぱりジェットコースターっすか⁉」

ハイテンションの樹里は、その場でぴょんぴょん飛《と》び跳《は》ねた。そのダイナミックな動きに合わせて、胸もばいんばいんと揺《ゆ》れている。

樹里とは対照的に、雪菜先輩は露骨《ろこつ》に嫌な顔をした。

「樹里ちゃん。まずはメリーゴーランドあたりから乗ったほうが……」

「ジェットコースターはあっちみたいっすね！　シャロちゃん、行きましょうっす！」

「シャロちゃん言うな！　ククク……空を駆《か》ける魔法《まほう》の列車か。これは上質な魔力が得られそうだ」

樹里とシャロは「わーい！」とはしゃぎながら走っていってしまった。小学生か、お前らは。

残された雪菜先輩は嘆息《たんそく》した。

「はぁ……憂鬱《ゆううつ》だわ」

「雪菜先輩。やっぱり無理しないほうが……」

「の、乗るわよ！　下僕の分際で気をつかわないでちょうだい！　だけど……」

「だけど？」

「……啓太くんが隣に乗ってくれなきゃ嫌だわ」

雪菜先輩が今にも泣きそうな顔でそう言った。

……ちょっと叫んでもいいかな？

雪菜先輩可愛《かわい》すぎだろぉぉぉぉぉ！

そんな潤《うる》んだ瞳《ひとみ》でおねだりするとかズルいわ！　普段頼《ふだんたよ》られないから、めっちゃ嬉しいんですけど！

いいぜ、雪菜！　今日は俺のそばから離《はな》れるなよな！

……などと言える勇気はないので、俺は「いいですよ」とだけ返した。ヘタレでごめんなさい。

「約束よ？　絶対だからね？」

「わかりました。約束します」

力強く答えると、雪菜先輩は安堵《あんど》のため息をついた。可愛すぎるよ、この甘え上手め。

「雪菜先輩。行きましょうか」

俺は無言でうなずく雪菜先輩と一緒に、樹里たちのあとを追った。

◆

ジェットコースター乗り場には、長い行列ができていた。

かれこれ三十分くらい待ち、ようやく俺たちの番が回ってきた。樹里とシャロが先頭で、俺と雪菜先輩がその後ろに座《すわ》る。

安全バーを下ろし、スタッフによる安全確認《かくにん》が終了《しゅうりょう》すると、ジェットコースターは動き始めた。

最初はゆっくりと動き、どんどん上へ。そして頂上を過ぎると一気に加速して下っていくという、お約束のコースだ。

「シャロちゃん！　ここのジェットコースター、アップダウンが激しいのが特徴《とくちょう》らしいっすね！」

「ククク。天地無用の死の滑走《かっそう》……実に興味深い」

「楽しみっすねー！」

「ねー！」

前に座る二人はきゃっきゃと騒《さわ》いでいる。

一方で、雪菜先輩は青白い顔で何かぶつぶつとつぶやいている。

「ふふっ……『忘《わす》らるる　身《み》をば思《おも》はず　誓《ちか》ひてし　人《ひと》の命《いのち》の　惜《を》しくもあるかな』……ふひひひっ！」

「まさかの百人一首でリラックス⁉」

何その心の鎮《しず》め方。落ち着き方独特かよ。

笑い方もサイコだし、意味はよくわかんないけど怖《こわ》そうな歌詠《よ》んでるし……もうすでに限界みたいだ。

「雪菜先輩。平気です。俺がついてますから」

「啓太くん……お願いがあるのだけど」

そう言って、雪菜先輩は少しためらいがちに俺の手を握《にぎ》った。

「ゆ、雪菜先輩？」

「……終わるまで絶対に離さないでね？」

雪菜先輩は耳元で頼《たよ》りなげに囁《ささや》いた。

いつになく素直な雪菜先輩の態度に、心臓がばくばくと強く脈打つ。

気の利いた言葉が浮かばず、俺は「わかりました」としか言えなかった。

緊張《きんちょう》で気づかなかったけど、車両は頂上まで来ていた。

こ、これっていい雰囲気《ふんいき》だよな……デレチャンス到来《とうらい》の予感がするぞ！

もしかしたら、絶叫《ぜっきょう》中にポロっと素が出るんじゃないだろうか。聞《き》き逃《のが》さないように集中しなければ！

雪菜先輩の大デレを期待している間に、車両は重力を思い出したかのように落下する。

「なはははっ！　すごいっすー！」

「ククク！　風が騒がしいぞ！」

前の二人は楽しんでいるようだけど……雪菜先輩は大丈夫かな？

ちらりと隣を見る。

「ぎぃぃやあああぁぁぁぁっ！」

わぁお！　めっちゃ絶叫してるぅー！

雪菜先輩は長い黒髪《くろかみ》を風になびかせ、飛び出そうなくらい目を見開いていた。

「やだやだ死にたくない死にたくない！　死ぬときは大好きなぬいぐるみに囲まれて死にたい！　嫌だ嫌だこの高さから落ちたらトマト潰《つぶ》したみたいに『ぶちゅ』って音出て潰れて死ぬ嫌だ嫌だ血まみれの死体にはなりたくない綺麗《きれい》なまま死にたい血の味なんて知りたくない嫌だ死にたくない啓太くん、助け、て、グ、ギギギィイ……ひゃはははっ！　プラムは血の味ぃぃぃ……！　夕焼けは内臓の色ぉぉぉ……！」

うわぁぁぁっ！

あまりの恐怖《きょうふ》に雪菜先輩が壊《こわ》れたぁぁぁ！

「雪菜先輩、落ち着いて！　こんなんで死にませんから！」

「啓太くん……あなたの血は何味かしらぁぁぁぁぁ!?」

「ぎゃあああああ！」

雪菜先輩の顔と言動が怖すぎて、おもわず俺も絶叫した。いつからこのアトラクションお化け屋敷《やしき》になったんだよ。完全にホラーだわ。

その後もジェットコースターは上がったり下がったりを繰《く》り返《かえ》し、そのたびに雪菜先輩は悲鳴を上げた。

やがて速度を落とした車両は止まった。

ジェットコースターから降りた雪菜先輩はふらふらしている。

「雪菜先輩。大丈夫ですか？」

「エエ。ワタシ、ダイジョウブ。イキテル」

雪菜先輩はロボットみたいに無感情でそう言った。メンタル枯《か》れてるじゃないですかやだー……。

放心状態の雪菜先輩の隣で、樹里は満足気に笑った。

「なはは。楽しかったっすねー。次はフリーフォール行きましょうっす！」

でたよ、安定の空気の読めなさ！

それ乗ったら、雪菜先輩が昇天《しょうてん》しちゃうだろ！

「樹里。次は絶叫系じゃなくて、もっと落ち着いて乗れるアトラクションに……」

「フリーフォールはあっちすね！　シャロちゃん、行きましょうっす！」

「シャロちゃん言うな！　うん、行くー！」

二人は走って次のアトラクション乗り場へ向かってしまった。お前ら少しは話を聞けよ。

「雪菜先輩。俺たちは別のアトラクションに乗りましょう。ね？」

「ワタシ、フリーフォール、ノル。ミンナトイッショ、ムネガ、ポカポカスル……モシカシテ、コノカンジョウガ『タノシイ』……？」

ダメだ。ＳＦ映画に出てくる、人間との交流を通して感情が芽生え始めたロボットみたいになっちゃってるよ。

「こんな調子で大丈夫かなぁ……」

不安しかないが、俺と雪菜先輩はフリーフォールの乗り場へ向かうのだった。

【雪菜先輩と立ち込める暗雲（遊園地編３）】


その後、俺たちはフリーフォール、ウォーターコースターと続けて乗った。どちらも高所から急降下するアトラクションで、想像していたよりもスリルがあった。

雪菜先輩はというと……。

「ふふふ……私、生きている……生きているって素晴《すば》らしい……ふふふ」

ご覧のとおり、完全にぶっ壊れていた。髪《かみ》の毛《け》はボサボサだし、目も虚《うつ》ろで、美人の雪菜先輩の面影《おもかげ》はない。

……さすがにもう限界か。

このままだと雪菜先輩が可哀そうだ。せっかくみんなで遊びに来たのに、一人だけ楽しめないのは違《ちが》うもんな。

「なぁ樹里。俺と雪菜先輩は疲《つか》れたから、ちょっと休憩するよ。お前はシャロちゃんと一緒に遊んでてくれ」

「ええー！　啓太せんぱいも休むんすか？」

「うん。雪菜先輩を一人にしておけないよ」

「ふぅん……そうっすか」

樹里はつまらなそうに唇《くちびる》を尖《とが》らせ、足元に視線を落とした。

なんだよ、今の態度……俺の提案に不満だったのか？

樹里は四人で遊園地を楽しみたいのかもしれないけど、そのためには雪菜先輩を休ませないといけない。そこは理解してほしいんだけど……。

説得しようとしたとき、樹里はボソッと一言。

「……雪菜せんぱいばっかりズルいっす」

ズルいって……どういう意味だ？

樹里の言葉が理解できずに困惑《こんわく》する。

「なぁ樹里。俺に何か言いたいことがあるなら――」

「ねぇ、シャロちゃん！　今度はお化け屋敷に行ってみましょうっす！」

「ククク。幽霊退治《ゴースト・バスター》としゃれこもうか……くっ！　鎮まれぇ、我の右手……！」

樹里は俺との会話を打ち切り、シャロと一緒に近くのアトラクションへと走って行ってしまった。

結局、樹里は何が言いたかったんだ？

普段《ふだん》は遠慮《えんりょ》なんてしない子だから、ちょっと気になる。

「……雪菜先輩。あっちのベンチで休みましょう」

「そ、そうね……うぷっ」

真っ青な顔した雪菜先輩の手を引いて、近くのベンチまで移動した。

気づけば、遊園地で憧《あこが》れの女の子と二人きり。雪菜先輩の体調が悪くなければ、大喜びなシチュエーションなんだけどな。

「うぷっ……啓太くん。迷惑《めいわく》かけて悪かったわね」

「何言ってるんですか。困ったときはお互《たが》い様《さま》でしょう。それに……」

「それに？」

「俺は雪菜先輩と二人きりになれて嬉しいですよ」

「えっ？」

「あ、いや、その……な、なーんてねっ！」

調子に乗って本音をぶつけてみたが、思っていたよりも恥《は》ずかしい。きっと今、俺の顔は真っ赤になっているだろう。

俺は笑って誤魔化《ごまか》した。

「あははっ。また妄想しちゃった。雪菜先輩が元気だったら、袈裟固《けさがた》めされちゃいますね」

「啓太くん……あのね、私も啓太くんと二人きりになれて、うれ――」

「そうだ！　俺、売店で飲み物買ってきますね！　気が利かなくてすみません！」

「あっ……悪いわね。お茶をお願いできる？」

雪菜先輩は何か言《い》い淀《よど》み、少し寂《さび》しそうに笑った。

素でも照《て》れ隠《かく》しでもないその表情が、なんだか心に引っかかる。

「雪菜先輩？　もしかして、俺に何か言いたいことあります？　お茶以外にも何か買ってきましょうか？」

尋ねると、雪菜先輩は一瞬《いっしゅん》驚《おどろ》いた顔をしたが、すぐにドSの顔になった。

「あなたに言いたいことなら山ほどあるわ。変態。クズ。覗《のぞ》き魔。露出狂《ろしゅつきょう》。ミジンコ。豚。ゴミ。スケベ人間。おっぱい揉《も》み男《お》。おみ足ペロペロ怪人《かいじん》。パンティー泥棒《どろぼう》。ラジオネーム『蒸れたタイツで深呼吸』――」

「はい、ストォーップ！　それ全部悪口ですよねぇ⁉」

「あなたに対する悪口が私の言いたいことよ。それと……空気の読めない天然ヘタレ」

雪菜先輩はふっと柔らかく笑った。

「へ？　空気の読めない……？」

瀕死《ひんし》の雪菜先輩を休憩に連れ出したのに、空気読めないって……どういうこと？

「わからないのならいいわ。早くお茶を買ってきなさい」

「は、はい……」

釈然《しゃくぜん》としないまま、俺は売店へ向かった。

歩きながら考える。

さっきの雪菜先輩のドS発言は、いつもの照れ隠しなのだろうか。楽しそうに笑いながら毒を吐《は》くなんて初めてだから判断がつかない。

楽しんでくれているのならいいけど……一つだけ気になることがある。

雪菜先輩はさっき何か言いかけていた。

あれはなんだったのだろう。悪口の列挙が照れ隠しだとするならば、本当は別に何か言いたいことがあったはずだ。

「本音では、なんて言いたかったのかな……」

そういえば、樹里も俺に何か言いたそうにしていたっけ。

ああ見えて、樹里も難儀《なんぎ》な性格をしている。ちゃんとその場で話を聞いてあげればよかったかもしれない。

「心を開いているの、たぶん俺だけだろうし……悪いことしたかも」

売店に到着《とうちゃく》した俺は、二人ぶんのペットボトルのお茶を購入《こうにゅう》した。

雪菜先輩の待つベンチへ戻《もど》る途中《とちゅう》に事件は起きた。

「ちょっと！　近づかないでよ！」

雪菜先輩の叫び声が聞こえてきた。

「いいじゃん。お姉さん、彼氏《かれし》いないんでしょ？　俺《おれ》と一緒にあそぼ？」

「い、嫌っ！」

「まぁまぁ。遊園地抜《ぬ》け出《だ》して、イイコトしようぜ？」

「ひっ……助けて、啓太くんッ！」

雪菜先輩は俺の名前を叫《さけ》んだ。

しまった！　雪菜先輩、ナンパされてるんだ！

雪菜先輩はナンパにトラウマがある。きっと怖い思いをしているに違いない。

くそっ……なんで一人にしちゃったんだよ、俺の馬鹿野郎《ばかやろう》！

「雪菜先輩！　今行きますから！」

俺は雪菜先輩のもとへ駆け出した。

【雪菜先輩と打ち上げ花火（遊園地編４）】

慌《あわ》ててベンチに戻ると、雪菜先輩の隣には金髪《きんぱつ》のチャラ男が座《お》っていた。

耳にはピアスをぶらさげていて、ネックレスもじゃらじゃらつけている。

「雪菜先輩っ！」

声をかけると、雪菜先輩の表情がぱあっと輝《かがや》く。

「啓太くん！」

「えー何それ？　彼氏いないんじゃねぇの？」

チャラ男は立ち上がり、不機嫌《ふきげん》そうに俺を睨《にら》んだ。

「お兄さん。この子の彼氏ぃ？」

もちろん、俺は雪菜先輩の彼氏ではない。

だが、ここで彼氏ではないと正直に言ったらどうなる？

きっとチャラ男は俺にかまわず、嫌がる雪菜先輩を口説くだろう。

ふと雪菜先輩と出会ったときのことを思い出す。

あのとき、雪菜先輩は目に涙《なみだ》を浮かべて、ふらふらした足取りでラブホ街から出てきた。

そして俺を見たとき「助けて！」とすがるように言ったんだ。

あんな怯えきった表情の雪菜先輩なんて、二度と見たくない。

……だったら、俺のやることは決まっている。

雪菜先輩。

あなたを守るために、ちょっぴり嘘《うそ》をつきますね。

「俺、この子と付き合ってます。俺の彼女に何か用ですか？」

俺はチャラ男に毅然《きぜん》とした態度で言い返した。足は震《ふる》えているが、ヘタレな俺にしては上出来だ。

やや間があって、チャラ男は急に申し訳なさそうに手を合わせた。

「マジかよ、パネェ！　彼氏くん、ごめーん！　つかパネェーン！」

「あ……いや、ぱねぇーん……えっ？」

「いやパネェすぎだろぉ！　お姉さん、彼氏いないって言ったじゃーん！　そんなこと言われたら、ナンパ待ちだって思うじゃん？　いや騙《だま》されたわー！　パネェられたわー！」

「パネェられた……？」

「俺って硬派《こうは》じゃん？　彼氏いる子なんて誘《さそ》わねぇわー。俺そういうチャラいのマジ許せねぇもん。もしそんなチャラ男がいたら、俺、背後からパネり倒《たお》しちゃうよぉ！」

そもそも硬派なヤツはナンパしないと思う。

　というか、パネェの汎用性《はんようせい》高すぎるだろ。なんだ背後からパネり倒すって。何するか知らないけど、ただの不意打ちじゃねぇか。

「彼女《かのじょ》ちゃんもごめんね！　パネェ思いをさせて悪かったわ！」

「えっと……別にもういいわ」

　雪菜先輩は疲れ切《き》った顔でそう言った。ナンパされている間、チャラ男はずっとこんな感じだったのかもしれない。

　チャラ男は「じゃ俺行くわー！」と言い残し、雑踏《ざっとう》へ消えていく。

　危機は去り、俺は雪菜先輩の隣に座った。辺りはすっかり暗くなっている。

「雪菜先輩。大丈夫ですか？　何かされませんでしたか？」

「ええ。少しウザ怖かったけれど」

「ごめんなさい。俺がそばにいれば、こんなことには……」

「馬鹿《ばか》ね。啓太くんのせいではないわよ。何でもかんでも自分で背負わないで。下僕《げぼく》のくせに生意気よ」

「あはは。そうですね」

「でも……助けてくれてありがとう」

「どういたしまして。でも、正直結構ビビってたんです。逆上した相手に殴《なぐ》られたりしないかなぁとか不安で……すみません、ヘタレで。頼りなかったですよね？」

「そんなことないわよ。その……かっこよかったわ」

雪菜先輩はじっと俺を見つめてきた。頬《ほお》は赤く染まっていて、どこか緊張しているように見える。

普段なら照れ隠しでむすっとする場面なのに……今日の雪菜先輩はなんだか変だ。

見つめ合うと、上手く言葉が出てこない。

沈黙《ちんもく》が場を支配しているけれど、心臓の音だけは、はっきりと聞こえる。鼓膜《こまく》の奥《おく》のほうで聞こえる鼓動《こどう》が騒がしい。

静寂《せいじゃく》を破ったのは雪菜先輩だった。

「ねぇ。私がさっき言いかけていたこと、教えてあげる」

「言いかけていたこと？」

「ええ。『私も啓太くんと二人きりになれて嬉《うれ》しいわ』って言おうとしたの」

「え？　あの、それってどういう……」

「……こういうことよ」

雪菜先輩は俺の手の上に自分の手を重ねた。

「ゆ、雪菜先輩？」

「……私、こういうときしか素直になれないから」

雪菜先輩の恥ずかしそうな表情に見惚《みと》れてしまう。

――ちょっと叫んでもいいかな？

脳裏《のうり》に浮かぶいつものフレーズを振《ふ》り払《はら》う。

今度こそ、壁越《かべご》しじゃない。心の声を伝えられずに悶《もだ》える日々とサヨナラしよう。

大丈夫。きっと今なら言えるはず。

雪菜先輩が、俺に勇気をくれたから。

俺はゆっくりと口を開いた。

「あの！　俺、雪菜先輩のことがす――」

バァァァン！

「うわっ！」「ひゃあっ！」

俺たちは短く悲鳴を上げ、爆発音《ばくはつおん》がした上空を見上げた。

夜空には色鮮《いろあざ》やかな大輪が咲《さ》いている。満天の星の輝きも掠《かす》れてしまうほど明るい花火だ。

咲き誇《ほこ》る夜空の花をいくつもの光が地上から追いかけ、次々と花開き、儚《はかな》く散っていく。

大きな音を立てながら、花火は暗闇《くらやみ》のキャンバスを色彩《しきさい》豊かに染め上げる。

花火はどんどん打ち上げられた。一瞬《いっしゅん》の輝きを得て、闇《やみ》に溶《と》けて消えていく。赤、青、黄、紫《むらさき》、緑──色彩豊かな光の花々は、夏の夜空に散っては咲いた。

ふと隣《となり》を見る。雪菜先輩は穏《おだ》やかな表情で夜空を見ていた。

「……綺麗ですね」

「ええ。とても」

雪菜先輩は花火を見上げながらそう言った。

雪菜先輩の横顔に夢中になっていると、重大なことを思い出した。

あぁぁ……俺、告白している最中だったんだぁぁ……っ！

ま、まだ言える雰囲気だよな？　花火見ながら告白するなんてロマンチックだよな？

よし、言うぞ！　絶対に言う！

「雪菜先輩。ちょっといいですか？」

「何かしら？」

花火が咲き乱《みだ》れる夜空の下、俺たちは見つめ合う。

雪菜先輩の何かを期待するような瞳は、吸い込まれそうなくらい美しかった。

「啓太くん。言いたいことがあるのでしょう？」

雪菜先輩は頬を赤くしてそう尋ねた。

よし。まだ言えるぞ。雪菜先輩も待っていてくれている。

俺は拳《こぶし》をぎゅっと握った。

「そ、その……俺、雪菜先輩のことが――」

「あー！　こんなところにいたんすね！　おーい！」

樹里が手を振りながらこちらへと走ってくる。

お前ぇぇぇ……今日くらい空気読んでくれよぉぉぉ！

終わった。あんなチャンス、もう二度とないかもしれない。

落ち込んでいると、雪菜先輩がそっと耳打ちした。

「今日のことは二人だけの内緒《ないしょ》よ……へ・タ・レ・さ・ん」

雪菜先輩はあっかんべーをして立ち上がり、樹里のもとへと歩き出した。

耳まで真っ赤だった……何あの人。デレたとき可愛《かわい》すぎでしょ。早く俺の奥さんになってほしいんですけど。

「ははっ……全然上手《うま》くいかないなぁ」

とうとう告白はできなかった。俺たちはどうしようもなく不器用で、素直な気持ちを伝えるのが苦手だから。

だけど、今日でまた少し距離《きょり》が縮まった気がする。

恋愛《れんあい》が下手くそな俺たちは、この先もこうやって少しずつ進んでいくのだろう。

「啓太せんぱい」

駆け寄《よ》ってきた樹里に声をかけられた。

「よう、樹里……って雪菜先輩は？」

「……そんなに雪菜せんぱいが気になるんすか？」

樹里にしては珍《めずら》しく、やけに拗《す》ねたような声だった。

「いや。まぁ気になるっていうか……」

「シャロちゃんと一緒《いっしょ》にパレード観に行きましたっす」

「そ、そっか」

「ねぇ、啓太せんぱい。ウチらは花火でも観ましょうっす……二人きりで」

樹里は空いているベンチを指さした。

……何か様子がおかしい。

樹里の性格上、美しい花火よりも賑《にぎ》やかなパレードを好みそうな気がするんだが。

「たまには啓太せんぱいとゆっくりお話ししたいんすよ……だめっすか？」

花火空の下、樹里は兄に甘《あま》える妹のようにおねだりした。

花火の音が、妙《みょう》に騒がしかった。

【雪菜先輩と恋《こい》する乙女《おとめ》（遊園地編５）】

俺とゆっくり話がしたい。たしかに樹里はそう言った。

妙に違和感《いわかん》のある提案だった。

樹里に遊ぼうとせがまれることはあっても、話がしたいと言われることは初めてだ。何か相談事があるにしても、このタイミングで相談されるとは考えにくい。

……なんだか胸騒《むなさわ》ぎがする。

「なぁ、樹里。お前、俺に何か相談事でも……」

「とりあえず、そこに座りましょうっす」

「う、うん……」

質問しても、軽くかわされてしまう。やはり樹里の様子がおかしい。

俺と樹里はベンチに座り、打ち上げ花火を眺《なが》めた。

イベントは終盤《しゅうばん》に差《さ》し掛《か》かったようで、ド派手な花火が何発も連続で打ち上げられた。

夜気を震わせる花火の音に、樹里は手を叩《たた》いて大げさに驚《おどろ》く。

「おおー！　啓太せんぱい、すごいっすね！　キレイっす！」

「……ああ。そうだな」

花火の美しさよりも、樹里の不可解な行動のほうに意識が向いてしまう。

パレードに行かず、俺と二人で花火を見る意図はなんだろうか。

花火なんて、みんなでパレードを楽しみながら鑑賞《かんしょう》できるのに……やはり相談事でもあるんじゃないか？　そうでなければ、重大な報告の類《たぐい》……たとえば、急な転校が決まったとか？

考えてみても、答えは出なかった。

やがて一際《ひときわ》大きな花火が夜空に消える。それ以降、花火は打ち上げられなかった。

辺りは静けさに包まれる。遠くのほうで聞こえるパレードの音楽が、やけに騒がしい。

「あー。終わっちゃったっすね」

「残念だな。もう少し見ていたかったのに」

「……ウチと一緒にでもっすか？」

「えっ？」

突然《とつぜん》の質問に驚き、おもわず聞き返す。

戸惑《とまど》う俺をよそに、樹里は話を続けた。

「啓太せんぱい、覚えてるっすか？　中学の頃《ころ》、ウチが生徒会室で悩《なや》みを相談したときのこと」

唐突《とうとつ》な話題転換《てんかん》に、困惑は増すばかりだった。

「ああ……もちろん覚えてるよ」

当時、樹里は交友関係で悩んでいた。素の自分を出すとウザがられて、友達の輪から外されてしまう。だから仕方なく周囲に合わせているけれど、それがとても窮屈《きゅうくつ》で辛《つら》いと俺に言った。

悩む樹里に、俺はこう答えた。

『俺は素の樹里でいてほしい。ウザくても、空気読めなくても、なんだかんだお前と一緒にいると楽しいから。少なくとも、俺と一緒にいるときは、ありのままの樹里でいてくれよ』と。

「あのときの啓太せんぱいの言葉、すごく嬉しかったっす。等身大のウチを受け入れてくれる人が、こんなに身近にいてくれたんだなぁって。あの言葉で、気持ちがだいぶ楽になったっす」

「ははっ。なんだよ、急に思い出話なんかして」

「ウチ、啓太せんぱいと一緒にいると楽しいっす。ありのままの自分でいられるし、心置きなく甘えられるし。だから、啓太せんぱいの家におしかけたりしちゃうんすよ。迷惑だってわかっていても、ウチを受け入れてくれるのは啓太せんぱいだけだから」

「迷惑だなんて、これっぽっちも思ってないよ。気にするな」

「……啓太せんぱいの隣にいると安心するっす。だけど……」

樹里は俺の手をそっと握った。

夏の暑さのせいなのか、樹里の手は少し汗《あせ》ばんでいる。

「雪菜せんぱいが現れてから、なんだかモヤモヤするようになったっす」

「……樹里？」

「雪菜せんぱいに啓太せんぱいを取られたと思ったら、なんだか胸が痛いんすよ。ほら」

樹里は俺の手を自分の胸の谷間に押《お》し当《あ》てた。

「ちょ、ちょっと待て！　お前、何して……っ！」

「ウチの胸の悲鳴、聞こえないっすか？」

ドクン、ドクン。

耳よりも近い場所で心臓の音がする。俺の心音なのか、樹里の鼓動なのか、頭がクラクラしてよくわからない。

「啓太せんぱい。このモヤモヤの正体はなんなんすか？　ウチ、こんなの初めてなんすよ」

モヤモヤの正体の察しはつく。

だが、臆病《おくびょう》な俺は何も言えず、ただ樹里と見つめ合うだけだった。

無言が続くと、雑踏からひそひそ声が聞こえてきた。どういうわけか、俺たちは周囲から好奇《こうき》の目で見られている。

少し考えて、俺は気づいてしまった……離れた場所から見れば、樹里が俺に胸を揉ませているように見えるのだ。

「お、落ち着け樹里！　まずは俺の手を離すんだ！」

「いやっす。ちゃんとウチの胸の叫びを聞いてほしいっす」

「それは言葉で教えてくれ。周りからは、俺の手がお前の、その……お、おっぱいに触《ふ》れているように見えるんだよ！」

「仕方ないっすね……いいでしょう！　お触《さわ》りＯＫっす！　だから聞いてほしいっす！」

「うぉぉおい、間違《まちが》った覚悟《かくご》を決めるな！　俺は一度も触らせろなんて言ってない！」

「触るのじゃダメなんすか……じゃ、じゃあ少しだけなら揉んでもいいっす！」

「揉まねぇよ⁉　俺の手を離せって言ってんの！」

お前の貞操《ていそう》観念はどこへ行ったの？　死んだの？

ツッコミ疲れたところで、樹里は上目遣《うわめづか》いで俺を見た。

「啓太せんぱい。ウチの知らないこと、ちゃんと教えてほしいっす……だめ？」

樹里は頬《ほお》を赤くして、潤《うる》んだ目でおねだりした。

……ちょっと叫んでもいいかな？

樹里お前鈍《にぶ》すぎだろぉぉぉぉぉ！

高校生にもなってようやく初恋《はつこい》かよ！　精神年齢何歳《ねんれいなんさい》だよ！　子どもか！　体ばっかり大きくなりやがって！　不覚にもドキドキしっぱなしだわ！

あと不用意に俺の手を胸に押し当てるな！　少しでもズレたら、おっぱいに触れちゃうだろ！

気をつけろよ、樹里。昔の偉《えら》い人はおっしゃった。おっぱいには男の夢が詰《つ》まっている。ただし一度揉んでしまうと、夢は欲望に変わると！

……今の俺の気持ちを教えてやろうか？

そう！　俺は今！　後輩《こうはい》のおっぱい揉みたい夢いっぱい――。

「……啓太くん。何をしているのかしら？」

底冷えするような冷たい声がして我に返る。

振り向《む》くと赤鬼《あかおに》、もとい雪菜先輩が仁王立《におうだ》ちしていた。その後ろでは、涙目のシャロが自分の体を抱《だ》きしめてガタガタと震えている。

「あ、いや、雪菜先輩！　こっ、これはですね……」

「おっぱいパレードからの打ち上げモッコリ花火というわけ？　汚《きたな》い花火で無垢《むく》な後輩の

体を白く汚《よご》そうとするなんて……発情期を迎《むか》えた腐《くさ》れ変態《へんたい》ゴリラめ！」

「そんな性欲ゴリラちゃうわ！　誤解ですって！　そもそもこの状況《じょうきょう》は樹里が……なぁ樹里！　俺のせいじゃないよなぁ⁉」

「啓太せんぱぁい！　おっぱい揉んでいいから、ウチの知らないこと教えてほしいっす！」

お前ぇぇぇぇぇっ！　ここにきて『空気読めない異能《ノット・リーディング・エア》』発動かよ、ちくしょう！

こうなってしまえば、もはや弁解不可能。怒《いか》りメーターが振り切った雪菜先輩を前にして、俺は圧倒的《あっとうてき》に無力だった。

「啓太くん。袈裟固め、三角絞《さんかくじ》め、横四方固め……どのアトラクションに乗りたい？」

アトラクションじゃねぇよ。寝技《ねわざ》だよ。

そんな反論も許されないくらい、雪菜先輩はブチ切れていた。

「啓太くん。あの世で懺悔《ざんげ》しなさい！」

「ちょ、待って雪菜せんぱ……ぎゃあああああっ！」

この後、俺は足4の字固め《フィギュア・フォー・レッグロック》をかけられたのち、ジャーマン・スープレックスでトドメを刺《さ》された。

なんてこった……雪菜先輩、プロレス技《わざ》もいけるとか、守備範囲広すぎですよ。もうマジで異種格闘技界《かくとうぎ》に参戦したらいいのに。

その後、気を失った俺は、どうやって家に帰ったのか覚えていない。

意識が戻ると、俺は部屋のベッドで寝《ね》ていた。何故《なぜ》か半裸《はんら》姿で、ロープで縛《しば》られた状態だった。

ちょっと待て。気を失っていた間、俺の身にいったい何があった？　気になるけど、雪菜先輩に聞くのは怖《こわ》い。今度こっそりシャロに聞こう。

いろいろあったが、雪菜先輩の暴力をもって、俺たちの夏は終わった。

少しばかり、恋の波乱を残して。

第三章　雪菜先輩と波乱の新学期

DOKUZETSU SHOJO HA AMANOJAKU

【雪菜先輩は彼氏のTシャツを着るのに憧れる】

楽しかった夏休みも終わり、二学期が始まった。

まだ暑さの残る九月上旬《じょうじゅん》。天気予報によれば、最高気温が三十度を超《こ》えるらしい。天気は快晴で日差しも強く、「熱中症《ねっちゅうしょう》に気をつけて」とお天気お姉さんも言っていた。

それなのに、なんだこの天気は。

下校途中、急に大雨が降りだした。いわゆるゲリラ豪雨《ごうう》というヤツだ。

天気予報を信じきっていたので、折《お》りたたみ傘《がさ》は持っていない。

だが、幸いにも目と鼻の先にコンビニがある。俺はコンビニのイートインスペースでコーヒーを飲み、雨が止《や》むのを待つことにした。

二十分後、先ほどまでの豪雨は嘘のように止み、雲の切れ間から日光が射《さ》し込むほど晴れてきた。

再び雨が降るかもしれない。今のうちに帰ろう。俺はコンビニを出て帰路を急いだ。

アパートに到着し、部屋のドアに手を伸《の》ばす。

鍵《かぎ》はすでに開いていた。おそらく雪菜先輩が来ているのだろう。

玄関《げんかん》で革靴《かわぐつ》を脱《ぬ》ぎ、中に入る。

「こんにちは。いやぁ、すごい雨でしたね。雪菜先輩は濡《ぬ》れません、でした、か……！」

俺は絶句した。

目の前には樹《じゅ》里《り》が立っていた。うちのシャワーを借りた後なのか、髪の毛はまだ濡れている。

それはまだいい。

問題なのは樹里がパンツ姿で、他の衣類は身につけていないという点だ。

規格外の胸に自然と視線が吸い寄せられる。一糸まとわぬ無防備な胸は、圧倒的な迫力《はくりょく》があった。

乳から生まれる謎《なぞ》の圧力……なんだこれは。乳圧《にゅうあつ》とでも呼べばいいのだろうか。自然と頭の中がおっぱいでいっぱいになってしまう……ッ！

じぃーっと樹里の胸を見ていると、樹里は頬を赤らめて、がばっと胸を隠した。

「み、見ないでほしいっすー！」

「ですよね、ごめんなさいでしたー！」

俺は慌てて後ろを向いた。

……この状況、結構ヤバくないか？

背後には裸同然《はだかどうぜん》の樹里がいる。そう考えただけで、顔が一気に熱くなる。

意識したことなかったけど、樹里のスタイルはグラビアアイドルみたいだった。ただ胸が大きいだけでなく、くびれもある。童顔だけど、スタイルは大人のそれだ。

樹里相手にドキドキしてしまうのは、遊園地で言い寄られたからだろうか。

目を閉じれば、先日の樹里の言葉が、半裸姿の樹里の言葉として脳内再生される。

『啓太《けいた》せんぱい。ウチの知らないこと、ちゃんと教えてほしいっす……だめ？』

ダメなもんか。今からお兄さんが実践して――って、いかんいかん！　俺は雪菜先輩ひとすじなんだ！　樹里のおっぱいなんかに負けるもんか！

「……啓太せんぱい、見過ぎっす。スケベ。えっち。変態。おっぱい星人。エロ大王」

背中越《ご》しに罵《のの》られた。返す言葉もございません。

「ごめん、悪かった。まさか樹里がシャワー借りに来ているとは思わなくて」

「それは……急に啓太せんぱいに会いたくなったから、来ちゃったっす」

「そ、そっか……あはは」

俺は乾《かわ》いた笑いで誤魔化すことしかできなかった。

夏休み前ならば「しょうがないな。遊んでいくか？」と笑って言えた。だって、樹里が単純に暇潰《ひまつぶ》しに来たと思えたから。

でも、今はもうそれ以上の意味を持つことを知っている。

いつものようなじゃれ合いができなくて、少しだけむず痒《がゆ》い。

「啓太せんぱい。勝手にシャワー借りてすみませんでしたっす」

「あの雨だから仕方ないよ。着替《きが》えないと、風邪《かぜ》ひいちゃうし」

「……制服が乾くまで、啓太せんぱいの服、借りてもいいっすか？」

「もちろん。タンスから適当に出してくれ」

「ありがとうございますっす」

タンスをガサゴソと漁《あさ》る音がする。

しばらくして、樹里が「こっち向いていいっすよ」と言った。

振り向くと、樹里は俺の普段着《ふだんぎ》のTシャツを着ていた。色は黒で、胸元《むなもと》には英文がプリントされている。

当然だが、サイズは合っていなかった。ぶかぶかで、樹里のおしりまですっぽり隠れている……うん？

え、待って。

Tシャツの下、何も穿《は》いてなくない？

「樹里。お前、ズボンは？」

「え？　穿いてないっす。パンツ隠れてるし、よくないっすか？」

「いいわけあるか！　今すぐ穿け！」

「えー。暑いから嫌《いや》っす」

なんでだよ。胸を見られるのはアウトなのに、パンツはセーフってどういう貞操観念だ。

呆《あき》れていると、

「ぎぃいいやあああああっ！」

女性の悲鳴が洗面所から聞こえてきた……って誰《だれ》だよ、洗面所にいるヤツ！　お前ら勝手に俺の部屋に入りすぎ！

「樹里！　この部屋に俺たち以外の人間がいるぞ！」

「あ、今の悲鳴っすか？　雪菜せんぱいっす。代わりばんこで、髪《かみ》を乾かしているんすよ」

「へっ？」

そういえば、部屋の鍵は開いていた。樹里は俺の部屋の合鍵《あいかぎ》を持っていないので、雪菜先輩が開けたということになる。

「そっか、雪菜先輩がいるんだったな……って納得《なっとく》してる場合か！　なんかすげぇ叫んでたぞ！」

「なはは。足の小指でもぶつけたんすかねー」

「いや呑気か！」

俺がツッコミを入れると、樹里は唇《くちびる》をつんと突《つ》き出した。

「啓太せんぱい、また雪菜せんぱいのことで一生懸命《いっしょうけんめい》なんすね……」

「はぁ？　別にそういうわけじゃ……」

「うー、なんかつまんないっす！　啓太せんぱい！　ウチのこともかまってほしいっす！」

「こ、こら！　抱きつくなってのー！」

樹里を引きはがしたとき、洗面所のドアが勢いよく開いた。

「啓太くぅぅうん！　ゴキブリでたぁぁぁぁ！」

雪菜先輩は素《す》の声で叫びながら、涙目で俺のほうに向かってくる。

服はまだ乾いていないのか、雪菜先輩は白い下着姿だった……下着姿ぁぁっ⁉

ツッコミを入れる間もなく、雪菜先輩に抱きつかれた。

「啓太くん、怖いよぉ！　退治してよぉ！」

「ちょ、落ち着いて！　まずは服を着て……」

「うえぇぇぇん！　ゴキブリ怖いよぉぉぉ！」

むぎゅっ。

むぎゅぎゅっ。

雪菜先輩は俺の腰《こし》に手を回して密着してきた。

シャワーを浴びた直後だからだろうか。雪菜先輩の体、すごく温かい。

遅《おく》れてシャンプーの匂《にお》いに気づく。俺と同じシャンプーを使ったはずなのに、めちゃくちゃいい香《かお》りがするのはどうして？

「雪菜せんぱーい。ゴキブリ捕《つか》まえたっすよー」

俺がうろたえている間に、樹里は素手《すで》でゴキブリを掴《つか》んでいた。

がらがら。ぽいっ。

樹里は窓を開けてゴキブリを逃《に》がした。

その様子を見届けた雪菜先輩は安堵《あんど》のため息をつく。

「ふぅ……助かったぁ……」

「あ、あの。雪菜先輩」

「どうしたの、啓太くん。顔が真っ赤よ？　また風邪？」

「いえ。そうではなくて……服が、その――……」

「服？　何よ服って……ぇっっっっ！」

自分が下着姿であることに気づいた雪菜先輩は、一気に顔を赤くした。

「な、なななななん……っ！」

「ま、待って！　今回は俺のせいじゃ――」

「近寄らないで！　このエロチャーシュー！」

「へぶしっ！」

俺は雪菜先輩にビンタをくらい、その場に倒れた。

「なんで引《ひ》っ叩《ぱた》くんですかぁ！　俺、何も悪いことしてないですよねぇ!?」

「うるさい！　死ね豚《ぶた》！」

げしげし！

バシバシ！

雪菜先輩は倒れた俺を踏《ふ》んだり蹴《け》ったりしてきた。

くぅっ！　普段《ふだん》はニーソックスの雪菜先輩だが、生足で踏まれるのもなかなか趣《おもむき》があって――ぐほっ！

雪菜先輩は俺の顔を蹴って「私もう帰る！」と言い残し、慌ただしく部屋を出た。隣の部屋とはいえ、下着姿で外に出るのはマズいだろと思ったが、注意する暇《ひま》もなかった。

「あー……啓太せんぱい、大丈夫《だいじょうぶ》っすか？」

樹里が心配そうに俺の顔を覗《のぞ》き込む。

「あ……うん、平気だよ。樹里は髪を乾かしてきな」

「でも……」

「大丈夫。ああ見えて、雪菜先輩は手加減してくれているから」

「そ、そうなんすか？　それじゃあ、お言葉に甘えて」

樹里はまだ不安そうだったが、ひとまず洗面所へ行った。

よし。邪魔者《じゃまもの》は消えた。これで『例の時間』を満喫《まんきつ》できる。

俺は部屋の隅《すみ》に移動して、壁《かべ》に耳をぴたっとつけた。

すると、隣の部屋から声が聞こえてくる。

『やっちゃったぁ……またやっちゃったよぉぉぉぉ！』

キタァー！　雪菜先輩の絶対デレ時間《エンペラータイム》だー！

おひさしぶりでぇぇぇす！　ふぅぅぅー！

『啓太くんは何も悪くないのに……ああ、もう！　私のばかぁ！　恥《は》ずかしいからって、人を蹴っちゃダメ、ゼッタイ！』

いえいえ。雪菜先輩、気にしないでください。照《て》れ隠《かく》しだって、わかってますから。

『でも、今日は不満もあるんだよ……ちょっと樹里ちゃん！　なんで啓太くんのTシャツ着てたの！　彼女が彼氏《かれし》のTシャツ着てサイズ合ってない感じ出しすぎ！　ズルいよ！　私も啓太くんのTシャツ着たい！「見て見て、啓太くん。えへへ、Tシャツぶかぶかだね」ってバカップルごっこしたいのにー！』

ドタドタ！

隣の部屋から何度も床《ゆか》を蹴る音がした。きっと雪菜先輩が地団駄《じだんだ》を踏んだのだろう。

……ちょっと叫《さけ》んでもいいかな？

雪菜先輩可愛《かわい》すぎだろぉぉぉぉぉ！

俺のぶかぶかTシャツ着たかったんかい！　バカップルごっこしたかったんかい！　それ俺もしたいよ、雪菜先輩！

ちょっと妄想《もうそう》させてね！「雪菜。Tシャツしか着てないように見えるけど、それズボン穿いてるの？」「……見る？」「え、あ、いや……」「なんてね。短パン穿いてまーす。ざんねんでしたー！　啓太くんのえっちー！」「こーいーつー！　からかうなよー！」「あははっ！　待って！　くすぐるのやめてぇ！」とかどうですか⁉　こういう感じのバカップルごっこがしたいです！

……などと叫ぶと雪菜先輩に聞こえてしまうので、俺は心の中で叫ぶに留《とど》める。

『樹里ちゃん、最近なんだか啓太くんにアピールしてる気がする……負けないぞいっ！』

雪菜先輩は闘志《とうし》を燃やしている……が、言い方が可愛すぎてほっこりする。

これがあるから、雪菜先輩は憎《にく》めない。

「雪菜先輩……もしかして、樹里の異変に気づいてます？」

壁の向こうにいる雪菜先輩に尋《たず》ねてみる。

もちろん、本当に聞こえると困るから小声でね。

【雪菜先輩と高速おっぱい】


学校から帰宅すると、制服姿の雪菜先輩がいた。もうすっかり見慣れた光景である。

「こんばんは、雪菜先輩」

いつものように声をかけるが、どうも様子がおかしい。

雪菜先輩は真顔で俺をじぃーっと見ている。

「ど、どうかしましたか？」

「……啓太くん。私に何か隠し事《ごと》をしていないかしら？」

「えっ？　いや別にしてないですけど」

「本当に？　何かあるでしょう。その、たとえば後輩と二人で密談していたこととか……」

「後輩と密談って……あっ！」

もしかして、雪菜先輩は俺が樹里と花火を見たことを言っているのか？

そりゃ隠すよ。樹里が俺に特別な感情を抱いているだなんて、言えるわけがない。

「何よ、その反応は。やはり隠し事があるのね？　最近、やけにスケベ顔をしていると思ったわ」

「それ、俺が隠し事をしている根拠《こんきょ》になってないんですけど……」

そもそもスケベ顔ってなんだよ。顔に出るほど性欲持て余してないわ。

「下僕《げぼく》。尋問《じんもん》の時間よ。正座しなさい」

「言いませんよ。隠し事っていうか、他人のプライバシーに関《かか》わる事案なので……」

「いいから座《すわ》りなさい。このゴリ沢《ざわ》ウホ吉《きち》が！」

げしげし。

雪菜先輩は俺の足を蹴ってきた。ネーミングセンス小学生かよ。

「ちょ、蹴るのやめてくださいよ」

「わかったわ。踏んであげる」

「そういう意味じゃねぇよ⁉」

「本当は好きなくせに。度《ど》し難《がた》い変態ね。いいから正座しなさい」

なんで罵られないといけないんだよ……たしかに、最近は雪菜先輩の寝技・足技《あしわざ》がちょっとクセになり始めているけれども！

「はぁ。わかりました。座りますよ」

俺は渋々《しぶしぶ》その場に正座した。

「では質問するわ。啓太くん、最近樹里ちゃんと仲いいわよね。何かあった？　いやアレよ？　興味があるわけではないのよ？　私はただ、下僕を管理するうえで、交友関係を知っておきたいから聞いているだけ。いわばこれは仕事と同義なの。いえ、義務のようなものだわ。つまり、仕方なく聞いているのよ。けっして啓太くんと樹里ちゃんの仲が気になっているというわけではないわ。わかった？　勘違《かんちが》いしたら抹殺《まっさつ》するわよ？」

雪菜先輩はめっちゃ早口でそう言った。言い訳が下手くそすぎて泣けてくる。

しかし困ったぞ。

あの日のことは雪菜先輩に言えない。樹里の気持ちも考えず、他人に話していいことではないと思う。

うしろめたさを感じつつ、俺はすっとぼけることにした。

「そ、そうですかね？　まぁ昔からの知り合いなんで、仲はいいと思いますけど」

「…………じぃぃぃぃぃぃぃぃーーーっっ」

「疑いのまなざしがねちっこいな！　いや本当に何もないですって！」

「嘘《うそ》おっしゃい。だとすれば、以前、樹里ちゃんが啓太くんのTシャツを着ていたことはどう説明するの？　あれはまるで、その……カップルみたいだったわ」

雪菜先輩は拗ねるような口調でそう言った。

そういえば、雪菜先輩は「私も啓太くんのTシャツ着たい！　バカップルごっこしたい！」と言っていたっけ。

まさか……俺と樹里が本物のバカップルだと疑っているのか⁉

「違《ちが》うんです、雪菜先輩！　俺と樹里は先輩後輩《こうはい》の関係です！」

「それじゃあ、樹里ちゃんがあなたのTシャツを着ていた件はどう説明するの？」

「あいつが俺のTシャツを着ていたのは、自分の制服が乾くまで着る服がないからですよ。ほら、あの日雨だったじゃないですか」

「そ、そうなの？　本当に？」

「ええ。本当です」

「よかったぁ……」

雪菜先輩は、ほっと安堵のため息をついた。

なぁんだ。やっぱり俺と樹里が付き合っていると勘違いしていたのか。

「ふふふ。雪菜先輩が嫉妬《しっと》してくれるなんて幸せだなぁ……あ」

しまったぁぁぁ！　うっかり本音を漏《も》らしてしまったぁぁぁ！

おそるおそる雪菜先輩の表情をうかがう。

あぁっ、額にうっすらと血管が浮《う》かんでいる！　これ足技確定コースじゃん！

「啓太くん。今、誰が嫉妬していると言ったの？」

「あの……雪菜先輩が、です」

「聞《き》き間違いじゃなかったようね。妄想と現実を混同しないでくれる？」

「それは……で、でも！　雪菜先輩が嫉妬してくれたら嬉《うれ》しいですけどね、俺は！」

ぎゃあああああ！

ムキになって変なこと言っちゃったぁぁぁ！

「しっ、嫉妬してないって言ってるじゃないの！」

どんっ！

俺は雪菜先輩に突き飛《と》ばされて尻《しり》もちをついた。

「いてて……急に何するんですか！　危ないですよ！」

抗議《こうぎ》したとき、俺は気づいた。

雪菜先輩はすでに照れ隠しのドSモードに突入《とつにゅう》しているってことに。

「調子に乗ったドブネズミを調教するために突き飛ばしたのよ」

「ちょ、調教？」

「ええ。こんな感じにね！」

雪菜先輩は俺の上半身——腰より少し上の辺りにまたがった。いわゆる馬乗り状態だ。

こ、この体勢は……女の子に征服《せいふく》されているような屈辱《くつじょく》を感じる！

雪菜先輩め。また俺の知らないフェティシズムへの扉《とびら》を開かせようというのか。

「ゆ、雪菜先輩。いったい何を……」

「決まっているでしょう……いえ、むしろこれから極《き》めるのだけど」

雪菜先輩は素早《すばや》く体を密着させてきた。柔《やわ》らかい感触《かんしょく》と体温がダイレクトに伝わってくる。

馬乗り状態からの抱きつき攻撃《こうげき》……な、なんてエッチなんだ！　さては雪菜先輩、今夜は俺を寝かさないつもりだな⁉

スケベ妄想で頭がいっぱいな俺の耳元で、雪菜先輩はささやいた。

「お仕置きを始めるわ。いっぱい痛くしてあげる」

「えっ？　それってどういう……⁉」

がしっ。

雪菜先輩は俺の肩《かた》の下に手を滑《すべ》らせて、反対の腕《うで》で俺の肘《ひじ》の関節辺りを挟《はさ》むようにしてロックした。

「これでどう？」

むにゅう。

雪菜先輩は俺の顔に胸を押しつけてきた。柔らかい二つの果実が、俺の顔面を優《やさ》しく包み込む。

お、おふぅぅ……これは俺たち男子の夢、おっぱいサンドイッチ。ラッキースケベの神様に愛された者しか享受《きょうじゅ》できない、絶対幸福時間《エクスタシー・ギフト》……！

マシュマロ天国に圧倒《あっとう》されている俺をよそに、雪菜先輩は冷たい声で一言。

「ジ・エンドよ」

雪菜先輩は重心を移動させ、俺の右腕《みぎうで》をロックしている側に全体重を乗せてきた。

ビリビリビリッ！

瞬間《しゅんかん》、骨が軋《きし》み、鋭《するど》い電流が走る。

「ぎゃあああああ！　何これ痛いいぃぃぃ！」

「縦四方固《たてしほうがた》めの一種よ。基本形は首を極めるのだけど、これは腕を極める技ね」

「解説いらない！　早くこれ解いて！」

「あら、生意気ね。もう少し体重をかけようかしら」

ビリビビリリビリッ！

「おんぎゃあああ！」

「いい声で泣くわね。まるで赤ちゃんが空腹を訴《うった》えているかのようだわ」

雪菜先輩は「くすくす。主人に対してオギャるなんて、甘《あま》えん坊《ぼう》な下僕だこと」と笑った。いやオギャってないから！　今の悲鳴は命の危険の発露《はつろ》だから！

「う、腕が千切れちゃうよぉぉぉぉ！　もうやめてぇ、雪菜せんぱぁぁぁい！」

「それは大変ね。だが断るッ！」

「この悪魔《あくま》めぇぇぇ！　マジでヤバいですって、これ！」

「なら自力で抜《ぬ》け出《だ》してみればいいいじゃない」

「いや無理だろ！」

雪菜先輩は柔道《じゅうどう》をやっていた頃《ころ》、県下の有名選手だったんだぞ？　素人《しろうと》の俺が暴れたところで、この寝技から脱出《だつしゅつ》できるとは思えない。

「できないの？　根性《こんじょう》のある男だと思っていたけれど、情けないわね。それでも私の下僕？」

かっちーん。

今の言葉はさすがに聞き捨てならない。俺にだってプライドはあるっての。

「できますよ、ええ！　脱出してやりますよ！　下僕の逆襲《ぎゃくしゅう》じゃい！」

「ふふっ。そうこなくっちゃ」

雪菜先輩は弾《はず》むような声で笑った。

……ああは言ってみたものの、俺に策はない。

試《ため》しに体を動かしてみる。しかし、ロックされた右腕の関節と筋肉が痛くて体に力が入らない。下半身のロックは若干《じゃっかん》甘《あま》いが、雪菜先輩を跳《は》ねのけられるほどではない。
右腕と下半身を動かすのは無理。
となると、自由に動かせるのは左腕《ひだりうで》と顔くらいか。
……顔？
俺の顔には雪菜先輩の胸が乗っかっている。
閃《ひらめ》いたぞ……これを利用しない手はない！
「雪菜先輩、くらぇぇぇ！」
ぐりぐりぐりぐりぐり！
俺は顔を左右に高速で動かした。
おっぱいが顔に乗った状態で、顔面高速運動が行われるとどうなるか。
結果――おっぱいも高速で動く！
ぷるぷるぷるぷるぷるん！
俺の顔の動きに合わせて、雪菜先輩のおっぱいも高速で揺《ゆ》れ動《うご》いた。
とうとう発動させてしまった……掟破《おきて》りの『高速顔面π運動《ハイスピード・ぱいぱい》』を。
「ひゃあんっ！」
雪菜先輩は可愛《かわい》い悲鳴を上げて飛び退《の》いた。

勝利を確信した俺は立ち上がって笑った。

「ふははははっ！　どうですか、雪菜先輩！　得意の柔道技《じゅうどうわざ》がしょうもないアホ技で破られた気分は！」

自分でも「俺、馬鹿《ばか》だな」という自覚はあるのだ！　ふははははは！

ふふふ。これで雪菜先輩も俺のことを見直して……あれ？

雪菜先輩は目に涙を溜《なみだ》めて、上目づかいで俺を睨《にら》んでいる。顔も耳も赤い。

「あ、あの……雪菜先輩？」

「……もっと優しくしてほしかったのに」

「へっ？」

「啓太くんのばか！　女の子に乱暴したらダメなんだからねっ！」

「あっ、待って！」

素の声で叫んだ雪菜先輩は、俺の制止を振り切《ふき》って退室してしまった。

一人になり、冷静さを取り戻《とも》した俺は、罪悪感で死にそうだった。

「女の子の胸に顔をうずめて何してるんだ俺は……」

何が高速顔面π運動《ハイスピード・ぱいぱい》だよ。お下劣極《げれつきわ》まりないわ。

「今度、お詫《わ》びしないとな……」

反省しつつ、俺は例のごとく壁に耳をぴたっとつけた。

『やっちゃったぁ……またやっちゃったよぉぉぉ！』

隣《となり》の部屋から、雪菜先輩の叫び声《ごえ》が聞こえてきた。

『また寝技かけちゃった……け、啓太くんがいけないんだからね！　私に嫉妬されて嬉しいとか言うから。舞《ま》い上《あ》がっちゃうじゃん。ばか』

ごめんなさい、雪菜先輩。

でも、本当のことなんです。

『今日の啓太くん、えっちすぎだよ。私の胸に顔を擦《こす》りつけてきて……あんな乱暴にされたら、ちょっと嫌だな。もっと優しく私の体に触《ふ》れてほしい……って私のばか！　何妄想してるの！　そういうのは付き合ってからだもん！』

雪菜先輩は『啓太くんのえっちがうつったんだ！　私、えっちじゃないもん！』と、必死に俺のせいにした。

……ちょっと叫んでもいいかな？

雪菜先輩可愛すぎだろぉぉぉぉ！

乱暴なの、嫌だったよね！　本当にごめんなさい！　今度あらためて謝《あやま》るね！

それにしても、盲点《もうてん》だったぜ……優しければよかったんかい！　ソフトタッチなら、おっぱいいっぱい触《さわ》り放題かい！

最後にこれだけは言わせてくれ……「私、えっちじゃないもん！」ってセリフ、なんかグッとくるよね！

……などと叫ぶと雪菜先輩に聞こえてしまうので、俺はその場でジタバタ悶《もだ》えるしかない。

『啓太くんも、えっちぃこと妄想するのかな？』

雪菜先輩は恥ずかしそうな声でそう言った。

これがあるから、雪菜先輩は憎めない。

「雪菜先輩。思春期男子はみんなしていますよ」

壁の向こうにいる乙女《おとめ》な雪菜先輩に、男子高校生の実情を教えてあげた。

もちろん、本当に聞こえると困るから小声でね。

【雪菜先輩は女の子の涙に弱い（メイド喫茶《きっさ》編1）】

とある日曜日の午前のことである。

近所のコンビニから帰宅すると、部屋に雪菜先輩がいた。上は薄手《うすで》のシャツを羽織り、下はミニスカートとニーソックスという服装だった。

雪菜先輩はベッドに腰かけて足を組み、文庫本を読んでいる。

俺はコンビニ袋《ぶくろ》をテーブルに置いて声をかけた。

「こんにちは、雪菜先輩。何を読んでいるんですか？」

「これよ」

雪菜先輩は文庫本の背表紙を見せた。

本のタイトルは『世界の拷問《ごうもん》器具』だった。およそ女子高生に必要のない知識である。

「またとんでもない本を読んでますね……興味あるんですか？」

「ええ。下僕に苦痛を味わわせる勉強を……こほん。歴史を学ぶために読んでいるのよ」

「言い直す前の不穏《ふおん》なセリフ丸聞こえなんですけど」

ついでに指摘《してき》するなら、歴史を学ぶ入り口も間違《まちが》ってるよ。

「そう言いつつ、期待の眼差《まなざ》しを向けないでくれるかしら？　相変わらず欲《ほ》しがりの豚ね」

「不安の眼差しで見ているんですが……」

「口ごたえするの？　生意気ね。そんなに蹴られたいの？」

げしげし。

雪菜先輩は俺のすねを蹴った。ダメだ。話が通じない。

雪菜先輩の理不尽《りふじん》さに呆れていると、インターホンが鳴った。俺が出迎《でむか》える前に、玄関のドアが開く。

「ククク。邪眼王《じやがんおう》シャルロットである。邪魔《じやま》するぞ」

「あっ、シャロちゃん。どうぞいらっしゃい」

「シャロちゃん言うな！　お邪魔しまーす！」

シャロは元気よく返事して、靴《くつ》を脱いでこちらにトコトコ駆《か》け寄《よ》ってきた。安定の可愛さである。

「ククク。今日は眷族《けんぞく》を魔《ま》の狂宴《きようえん》に招待しようと思ってな」

「魔の狂宴？　雪菜先輩、解読できますか？」

「拷問《ごうもん》パーティーのことかしら？」

「ヤベぇ本の読みすぎです。拷問から離《はな》れてください」

そんな恐《おそ》ろしい地下の宴《うたげ》、シャロがナチュラルに誘《さそ》ってくるわけないだろ。

「シャロちゃん。魔の狂宴って何？」

「シャロちゃん言うな！　ククク。我はこの宴に参加してみたいのだ」

シャロは素早くスマホをいじり、画面を俺たちに見せた。

「これは……メイド喫茶？」

スマホ画面には、黒いメイド服を着た女の子たちの写真が映し出されている。ちょうどテーブル席で接客しているところだ。

「ククク。駅前に鎮座《ちんざ》するこの冥途喫茶《メイドきつさ》には、澎湃《ほうはい》たる魔力《まりよく》が満ち満ちている……ような気がしなくもないぞ」

「つまり、楽しそうだから行きたいと？」

「うん！」

シャロは元気よくうなずいた。無邪気《むじやき》かよ。

「雪菜先輩。どうですか？」

「私は別に興味ないけれど」

雪菜先輩がそう言うと、シャロは目に涙を浮かべた。

ウルウルした目と震《ふる》える矮躯《わいく》は、なんとなくチワワを想起させる。

「そんなこと言わないでよぅ。一緒《いつしよ》に行こうよぅ、雪菜ぁ」

「な、何も泣くことないじゃない」

「泣いてないもん……ふぇぇん」

「その声は完全に泣いてるわよねぇ⁉」

「ふぇぇん……ククク。我は邪眼王。所詮《しょせん》、煢独《けいどく》の身よ。友と無縁《むえん》の天涯孤独《てんがいこどく》の道を行くのである……ぐすん」

シャロはなんか小難しいことを言って泣いている。

正確な意味はわからないが、たぶん「どうせ私はぼっちだもん……」といじけているんだと思う。

「あー。雪菜先輩泣かせたー」

「えっ⁉　私のせい⁉」

「雪菜先輩がメイド喫茶に行きたくないって言うからですよ」

「行かないとは言ってないわ。興味がないと言っただけよ」

「え？　じゃあ行ってくれるの？」

シャロは期待を秘《ひ》めた瞳《ひとみ》で雪菜先輩を見た。

さすがの雪菜先輩も、女の子の涙には弱かった。

「わ、わかったわ。行くわよ」

「ほんと⁉」

「ええ。ドSに二言はないわ」

「わーい！　雪菜ありがとう！」

「フフフ……今宵《こよい》は満月。私も魔力の器《うつわ》を充盈《じゆうえい》させたかったところよ」

雪菜先輩はシャロの中二病に合わせて不敵に笑った。親戚《しんせき》の子どもをあやす、面倒見《めんどうみ》のいい従姉妹《いとこ》かよ。

なんにせよ、シャロが泣き止《なや》んでなによりだ。これで三人仲良くお出かけできる。

「おっけー。じゃあ、今から行こうか？」

俺がそう言うと、二人はこくこくとうなずいた。

◆

というわけで、俺たちは駅前のメイド喫茶にやってきた。

メイド喫茶は雑居ビルの裏手に回り、階段を上ったところにあった。表の通りでメイドさんがビラを配っていなければ、気づきそうもない場所である。

入り口の前で、シャロは眼帯に手を添《そ》えた。

「ククク。我の右目が疼《うず》きよるわ。この扉からは魔界《まかい》の瘴気《しょうき》が漏れているようだ」

「うん、うん。そうだねぇ。それじゃあ、中に入ろうか？」

「わーい！　早くっ、早くっ！」

俺はシャロを愛《め》でつつ、入り口のドアを開けた。

すると、一人のメイドさんが笑顔《えがお》でお出迎えしてくれた。

「おかえりなさいませ！　ご主人様！　お嬢様《じょうさま》！」

屈託《くったく》のない満面の笑《え》みに、おもわず破顔する。

「あの、三名なんですけど」

「かしこまりましたっすー！」

メイドさんは笑顔でそう言った……うん？　かしこまりました『っす』だって？

なんだか聞き馴染《なじ》みのある語尾《ごび》だな……気のせいか？

俺はまじまじとメイドさんを見た。

細い脚《あし》を包み込む白のニーソックス。ピンクを基調としたメイド服はミニで、白くて瑞々《みずみず》しい太ももがあらわになっている。

メイド服はバストが強調されるように作られていて、しかもこちらのメイドさんは胸が大きい。彼女《かのじょ》の所作に合わせて、両胸に実る果実がぷるんと揺れ動いている。

髪《かみ》は茶色のショートボブで、小動物のようなくりくりした瞳が印象的である。

顔は少し幼さが残るが、端的《たんてき》に言って可愛い女の子だ。

間違いない。空気が読めないことに定評のある、俺の後輩《こうはい》だ。

知らなかった。メイド喫茶でバイトしていたのか。

ネームプレートを見ると、そこには平仮名《ひらがな》で「じゅりあ」と書かれている。

「樹里……だよな？」

ぽつりとつぶやくと、メイドさんは驚《おどろ》いたように瞬《まばた》きをした。

すると、悪戯《いたずら》が見つかった子どものように笑い、人差し指を唇に当てる。

まるでマンガのヒロインが好きな子に送る「内緒《ないしょ》だよ？」のサインみたいに。

「ダメっすよ、ご主人様。ここでは『じゅりあ』って呼んでくださいっす」

ずきゅーん！

胸を撃《う》ち抜かれたような衝撃《しょうげき》が体内を駆け抜ける。

メイド服を着ている樹里は、通常の三倍くらい可愛かった。

馬鹿な……あのアホの子が、こんな素敵《すてき》な女の子に化けるだなんて。くっ！　これが冥途喫茶の魔力だというのか……！

ズドン！

雪菜先輩が俺の足を勢いよく踏みつけた。

「いってぇぇ！　な、何するんですか！」

「あら、啓太くんだったの。ごめんなさい。あまりにもスケベな顔をしていたものだから、通りすがりの変態かと思ったわ」

「元々こういう顔じゃい！　いきなり踏むなんてひどいですよ！」

「うるさい。啓太くんのばか」

雪菜先輩はむすっとした顔でそう言った。

……ちょっと叫んでもいいかな？

雪菜先輩可愛すぎだろぉぉぉぉ！

俺がメイド樹里に目を奪《うば》われただけで嫉妬しすぎぃ！　『啓太くん！　私だけを見てくれなきゃヤダヤダ！』って顔に書いてあるんですけど！

安心してくれ……俺の瞳には雪菜しか映らないぜ（イケボ）。

……などと叫ぶとドン引きされるので、俺はグッとこらえた。

「雪菜お嬢様とシャロお嬢様もどうぞ、こちらへっす」

雪菜先輩の胸中など知る由もない樹里は、笑顔でテーブル席へと案内する。

「お嬢様はメイドに意地悪しても許されるのよね……？」

俺の隣で雪菜先輩が怖《こわ》いことを言い出した。やめとけ。お店に迷惑《めいわく》をかける気満々じゃねぇか。

はぁ……なんだか一波乱ありそうな気がするなぁ。

「ククク。狂乱《きょうらん》の宴の始まりだ！」

シャロが無邪気にそう言った。本当に狂乱の宴になりそうで怖いんですけど。

俺は不穏な空気を感じつつ、席に着くのだった。

【雪菜先輩ともえもえきゅーん（メイド喫茶編2）】


俺たちは樹里に案内され、店内の奥《おく》のテーブル席についた。

俺の前には雪菜先輩が、雪菜先輩の隣にはシャロが、それぞれ座る。

「こちらをご覧くださいっす」

樹里は俺たちにメニューを見せた。

メニューには「にゃんにゃんカルボナーラ」や「激萌《げきも》えカレーライス」など、いかにもメイド喫茶っぽい品名が並んでいる。

「ご主人様、お嬢様。何を召《め》し上がりますっすか？」

「料理名が独特すぎてイマイチわからないな……樹里。オススメはある？」

「ご主人様。じゅりあって呼んで？」

樹里はノリノリでウィンクした。

え。いつも樹里って呼んでいるのに、違う名前で呼ぶの？

……なんか照れくさいんですけど。

「あの……じゅ、じゅりあ。オススメを教えてくれる？」

「かしこまりましたっす、ご主人様」

樹里は「恥ずかしがるご主人様、可愛いっす」と笑う。

普段《ふだん》とは違う姿、違う雰囲気《ふんいき》の樹里を前に、おもわず俺《おれ》は照れ笑いをしてしまった。

ごすっ！

向かいに座る雪菜先輩が、勢いよくスネを蹴《け》ってきた。

「いってぇぇっ！」

「啓太くん。メイドに興奮しないでくれる？　お店に迷惑よ」

雪菜先輩は半眼で俺を睨んでいる。どうやらご機嫌《きげん》ナナメのようだ。

「ご主人様？　どうかなさいましたっすか？」

「き、気にしないで。それよりオススメを教えてよ」

「そうですねぇ。初めての方には『萌え萌えコンボ』をオススメしていますっす」

「何それ。セットメニュー？」

「はいっす。食事の提供はもちろん、メイド喫茶の醍醐味《だいごみ》を満喫《まんきつ》できるセットっす。例えば、オプションでメイドとチェキが撮れたりするんすよ」

「ククク。我はそれにしよう。メイドと戯《たわむ》れるのもまた一興……」

シャロは眼帯に手を添えて不敵に笑った。なんかよくわからないけど、喜んでいるようでなによりだ。

「じゃあ俺もそれで。雪菜先輩はどうしますか？」

「私も同じセットでいいわ」

「かしこまりましたっす！」

オーダーを受け取った樹里は一礼して去っていった。

それにしても……テーブルに着く前は不安だったが、雪菜先輩がやけにおとなしいな。

まぁこの歳《とし》になれば分別はつく。俺相手ならともかく、お店に迷惑をかけるような行為《こうい》はしないだろう。

「ふふっ。どうやって樹里ちゃんを辱《はずかし》めてあげようかしらね……」

違った。絶賛悪だくみ中だった。

「雪菜先輩。樹里をいじめないでくださいよ」

「何よ。樹里ちゃんをかばうつもり？」

「いえ。お店に迷惑をかけるなって意味です」

「大丈夫《だいじょうぶ》よ。訴えられないギリギリのところを狙《ねら》うから」

「嫌《いや》な客だな！」

ただの手慣れたクレーマーじゃねぇか。

三人でぎゃあぎゃあ騒《さわ》いでいる間に、樹里は飲み物とオムライスを運んできた。

「お待たせしましたっすー」

「ククク……この供物《くもつ》が俗《ぞく》に言う『お絵《え》描《か》きオムライス』だな？」

シャロがそう言うと、樹里は笑顔でうなずいた。

「おっ、シャロお嬢様は詳しいっすね。そのとおりっす。メイドがケチャップでお絵描きをする、定番のアレっすね」

「お絵描き？　何を描いてくれるんだ？」

「要望があれば、できる範囲《はんい》でお応えしますっす。もし描いてほしいものがなければ、ご主人様とお嬢様のお名前を描かせていただくっす。ご主人様はどうしますっすか？」

「うーん。俺は名前でいいかな。『啓太』でよろしく。雪菜先輩は？」

「私も『雪菜』でいいわ」

「ククク……『邪眼王シャルロット』で頼《たの》むぞ、じゅりあよ」

「かしこまりましたっす」

樹里は「お絵描きオムライスには、もう一つオプションがあるんすよ」と説明を続ける。

「オムライスが美味《おい》しくなるように魔《ま》法《ほう》をかけますっす」

「魔法っ⁉　じゅりあは魔法が使えるのっ⁉」

シャロの目がキラキラと輝《かがや》く。

「ウチだけじゃないっすよ。ご主人様とお嬢様たちにも魔法をかけてもらいますっす」

メイド喫茶でオムライスに魔法といえば『アレ』しかない。

「樹里。それってもしかして……」

「はいっす。『もえもえきゅーん！』っす」

笑顔の樹里は両手でハートを作り、オムライスに魔法をかけるポーズを取った。

こ、これが噂《うわさ》の『もえもえきゅーん』……正直、ここに来るまでメイド喫茶の何がいいのかわからなかったけど、その仕草の可愛さの破壊力《はかいりょく》たるや……破壊力たるやッッ！

「これをみんなでやるっす」

「え？　じゅりあちゃん、私もやるの？」

雪菜先輩は露骨《ろこつ》に嫌な顔をした。

「もちろん、雪菜お嬢様もやるっすよ」

「私は遠慮《えんりょ》するわ」

「ダメっすよ。オプションなんですから、一緒にやりましょうっす」

「それは私の自由でしょう？　それとも、魔法をかけないと不味いオムライスしか提供できないのかしら？」

雪菜先輩がワガママを言い出した。

いや、気持ちはわかる。あのプライドの高い雪菜先輩が、下僕《げぼく》の前で「もえもえきゅーん！」をするなんて、もはや罰《ばつ》ゲームでしかないからな。

だが、勤務中の樹里に迷惑もかけたくない。

どうしようか逡巡《しゅんじゅん》していると、隣に座《すわ》るシャロが雪菜先輩のシャツの裾《すそ》をぎゅっと掴《つか》んだ。

「雪菜ぁ。一緒に魔法かけようよぉ」

「また泣いてる！　わ、私はいいわよ。あなたたちで楽しみなさい」

「泣いてないもん……ふぇぇん」

「だからそれ泣いてるわよねぇ!?」

「ふぇぇん……ククク。我は闇《やみ》の世界に生きる邪眼王。所詮、真の理解者を得られぬ孤独《こどく》の王よ……ぐすん」

シャロは泣いていじけてしまった。

経験上、雪菜先輩はシャロの涙に弱い。勝負アリだ。

「わ、わかったわよ。私も魔法をかけるわ」

「ほんと!?」

「ええ。今回だけ特別よ？」

「わーい！　雪菜だーい好き！」

泣き止んだシャロは雪菜先輩に抱《だ》きついた。なんだかんだで仲良しだよな、この二人。

「それじゃあ、魔法をかけましょうっす。ウチが『おいしくなーれ、おいしくなーれ』って言うんで、続けて『もえもえきゅーん！』って言ってくださいっす」

樹里は「いくっすよー？」と俺たちに合図を送った。

「おいしくなーれ、おいしくなーれ」

『もえもえきゅーん！』

俺とシャロと樹里は両手でハートを作り、オムライスに手をかざした。

少し遅《おく》れて、雪菜先輩は頰《ほお》を赤らめてポーズをとる。

雪菜先輩は恥《は》ずかしそうにぎゅっと目をつむり、ハートをオムライスに向けた。魔法の言葉は、まさかの素《す》の声である。

「も……もえもえきゅーん……！」

……ちょっと叫《さけ》んでもいいでござるか？

雪菜先輩可愛すぎではござらんかぁぁぁ！

あのドSな雪菜先輩のキャラじゃないでござるぞ！　だが、それが逆にいいでありんすな！　拙者《せっしゃ》が恋《こい》の魔法をかけられた気分でござるよ！　恥ずかしそうに「もえもえきゅーん！」ってやる雪菜先輩にもえもえきゅーん！

……などと拙者キャラで叫ぶと雪菜先輩に寝技《ねわざ》をかけられるので、俺はその場で悶えるしかない。

「雪菜お嬢様。めっちゃ可愛いっす！」

「う、うるさいわね！　主人をいじるなんて、この店のメイド教育はどうなっているのかしら」

雪菜先輩は毒舌《どくぜつ》で反撃《はんげき》するが、樹里はにこにこ笑っている。

俺とシャロもつられて笑った。

「何よ、みんなして……いじわるだわ」

すねる雪菜先輩は「代表して啓太くんを蹴るから」と言って、俺の足をげしげし蹴った。

いつもの照《て》れ隠《かく》しが可愛くて、俺はまた笑うのだった。

【雪菜先輩とチェキ（メイド喫茶編3）】

魔法のかかったオムライスは美味しかった。

雪菜先輩もシャロも満足していたようで、樹里に好意的な感想を伝えている。

特にシャロはケチャップで「邪眼王シャルロット」と書かれたのがよほど嬉《うれ》しかったらしい。なかなか食べずに、しばらくの間、キラキラした目でオムライスを眺《なが》めていたっけ。

食事を終えた俺たちは、楽しく談笑《だんしょう》している。

最初は雪菜先輩の暴走を懸念《けねん》していたけど、どうやら杞憂《きゆう》だったみたいだな。今日一日、平和に終わりそうだ。

ちょうどシャロが追加注文したオレンジジュースが届いたとき、樹里は説明を始めた。

「ご主人様、お嬢様。ご注文いただいた『萌え萌えコンボ』には、もう一つオプションがありますっす」

「まだあるのか。今度は何をするんだ？」

「メイドとチェキが撮《と》れるんすよ」

ああ。そういえば、オーダーするときに説明されたっけ。

「あんまり馴染みがないんだけど……チェキって、写真を撮ったらその場でプリントされるヤツだよな？」

「はいっす。メイドと二人で撮影《さつえい》するサービスっす。もう撮影してもいいっすか？」

「うん。お願いするよ」

「かしこまりましたっす」

樹里は手の空《す》いているメイドを呼び、チェキを撮ってもらうように頼んだ。

「まずはご主人様からっすね。お隣、失礼しますっす」

樹里は俺の隣に座り、肩《かた》が触れ合《あ》う距離《きょり》まで密着してきた。

ち、近くね？　メイドとご主人様の接触《せっしょく》は、お店的にNGじゃないの？

それに、なんだかいい匂《にお》いがする。きっと香水《こうすい》だ。今まで香水なんてつけたことはなかったのに……急にどうして？

知らない間に女の子っぽくなった樹里に、おもわずドキッとしてしまう。

樹里は俺にしか聞こえない声の大きさでつぶやいた。

「……今度ウチにもチェキくださいっす。啓太せんぱいとの思い出、大切にしたいっすから」

「へっ？　そ、それってどういう……」

「それじゃあ、チェキお願いしますっすー！」

樹里は俺の声をさえぎってメイドにチェキを用意させた。

頬を赤らめる樹里の横顔を、不覚にも可愛いと思ってしまう。

「では撮りますよー」

メイドがチェキを構える。

樹里に視線を奪われていた俺は、慌《あわ》ててカメラに目線を向けた。

「ご主人様。チェキが上手《うま》く撮れるように魔法をお願いしますね。せーのっ！」

「「もえもえきゅーん！」」

ぱしゃっ。

二人そろって手でハートを作ったところで、シャッター音が店内に響《ひび》く。

俺との思い出を大切にしたい。樹里はそう言った。

そのままの意味で捉《とら》えれば、どうということはない。俺と遊んだ記念の一枚が欲しいという意味だろう。

だが、俺にしか聞こえない声で、しかも顔を赤くして言ったのだ。意識するなと言うほうが無理な話である。

「次はシャロお嬢様の番っすね」

「わーい！　早く撮ろう！」

「シャロお嬢様。設定はいいんすか？」

「あっ……ククク。我は古《いにしえ》より伝わるこのポーズでの撮影を所望《しょもう》する」

シャロは眼帯に手を添えて笑った。いつもの中二病ポーズである。

樹里とシャロが撮影している中、雪菜先輩はどこか上の空だった。

「……うらやましいなぁ」

声をかけようと思ったそのとき、雪菜先輩が素の声音《こわね》でため息まじりにそう言った。

「私も一緒に写真を撮りたい……」

雪菜先輩はつまらなそうに唇《くちびる》をつんと尖《とが》らせる。

この後、雪菜先輩も樹里と撮影する。

それなのに「一緒に写真を撮りたい」とはどういう意味だろう。

もしかして……写真を撮りたいって、樹里とじゃなくて――。

「「もえもえきゅーん！」」

俺があれこれ考えている間に、撮影会《さつえいかい》は終了《しゅうりょう》した。

雪菜先輩はもらったばかりの写真をテーブルに置き、退屈《たいくつ》そうにアイスティーを一口する。からん、という乾《かわ》いた音はやけに大きく響いた。

――何かしてあげなきゃ。反射的にそう思った。

だって、好きな人が元気なかったら、笑顔を取り戻したくなるのは当然だろ？

普段は不愛想《ぶあいそ》な雪菜先輩だけど、本当は笑顔が似合うんだ。そのことを、俺はよく知っている。

げしげし。

俺はいつも雪菜先輩にやられているように、彼女の足を蹴った。

「そろそろ帰りましょうか。俺たちのアパートに」

「……啓太くん？」

「メイド喫茶で非日常を満喫したら、雪菜先輩と過ごす日常が恋しくなっちゃいました」

なるべく気持ちが伝わるように笑顔で言った。

想《おも》いが通じたのか、雪菜先輩の表情は破顔する。

「主人を蹴るなんて偉《えら》くなったじゃない。これはお仕置きが必要ね。帰ったら強めに調教してあげるわ」

「全然想い通じてないし！」

笑顔で強めに調教とか言うなよ。俺はレースを控《ひか》えた競走馬か。

がっかりしていると、

「……やっぱり……くんは……こんな私……優《やさ》しいんだね」

雪菜先輩が小さい声で何か言ったが、細部まで聞き取れない。

「雪菜先輩。今なんて？」

「……ふふっ。なんでもないわ。ひさしぶりに縄《なわ》とロウソクを用意しようと言ったのよ」

「ハードプレイすぎるわ！」

ひさしぶりってなんだよ。さも過去にロウソクプレイをしたかのような虚偽《きょぎ》発言はやめてくれ。

まぁなんにせよ、いつもの雪菜先輩に戻《もど》ったようでよかった……のかな？

うん……さすがにロウソクの件《くだり》は嘘《うそ》だよね？

「あの、雪菜先輩。ロウソクの話、冗談《じょうだん》ですよね？」

「じゅりあちゃん。お会計をお願いするわ」

「不安になるから無視しないでくれるかなぁ⁉」

ぎゃあぎゃあと騒ぎながら、俺たちはお会計を済ませた。

こうして俺たちはメイド喫茶を堪能《たんのう》した。

だが、これで終わりじゃない。

俺にはまだ、やらなきゃいけないことがある。

【雪菜先輩とパーカー女子（メイド喫茶編４）】

「いってらっしゃいませ、ご主人様！　お嬢様！　また遊びに来てくださいっす！」

樹里に見送られて、俺たちはメイド喫茶を出た。

「ククク。よい時を過ごしたな、眷属《けんぞく》よ」

「楽しかったね、シャロちゃん」

「シャロちゃん言うな！　うん、楽しかったー！」

シャロは嬉しそうにその場でくるっとターンした。情緒《じょうちょ》が完全に五歳児のそれである。

「あっ……ククク。魔界より呼び出しがきたようだ」

シャロはスマホを取り出して「もしもし。邪眼王です」と電話に出た。電話でも設定は貫《つらぬ》くらしい。

しばらく英語で会話したのち、シャロは「ククク。さらばだ」と通話を切った。

「シャロちゃん。電話誰《だれ》から？」

「シャロちゃん言うな！　ククク。姉君から晩餐《ばんさん》の誘いがきたのである。これから隣《となり》駅のフランス料理の店に行くことになった」

「そっか。じゃあ、ここでお別れだね」

「うん！　また今度、啓太の家に遊びに行くね！　ばいばい！」

シャロは手を振《ふ》りながら、小走りで去っていった。

「雪菜先輩。俺たちも行きましょうか」

「ええ。そうね」

「……と、その前に提案があるんですけど」

俺はポケットからスマホを取り出した。

「一緒に写真撮りませんか？　メイド喫茶をバックに、ツーショットで」

「えっ……しゃ、写真？」

「はい。メイド喫茶デビューの記念にいいかなって」

チェキを撮るとき、雪菜先輩は「私も一緒に写真を撮りたい……」と、寂《さび》しそうにつぶやいた。

あれはきっと、俺と写真を撮りたいって意味だよね？

雪菜先輩のお願いなら、俺はすべて叶《かな》えてあげたい。

それに……俺だって雪菜先輩と写真撮りたいもん。

「思い出を形に残すのも悪くないと思うんですけど……どうですか？」

尋《たず》ねると、雪菜先輩は一瞬笑顔《いっしゅんえがお》になったが、すぐに不機嫌《ふきげん》そうな顔になった。

「仕方がないわね。たまには下僕の言うことも聞いてあげるわ」

「ふふっ。ありがとうございます」

「なっ、何笑っているのよ。啓太くんのばか」

頬《ほお》を赤く染めた雪菜先輩は、素の声でぼそっと一言。

「……私のワガママを聞いてくれてありがとう」

「えっ？　ワガママってなんのことです？」

俺はすっとぼけて聞き返す。

雪菜先輩は「か、勘違《かんちが》いしないでよ？　私は別に啓太くんとのツーショットが欲《ほ》しいわけではなく、思い出の写真が欲しかっただけなんだから」と必死に言い訳を始めた。

……ちょっと叫んでもいいかな？

雪菜先輩可愛すぎだろぉぉぉぉぉ！

デレたと思ったら、すぐに照れ隠しかよ！　そういう素直《すなお》じゃないところ、愛《いと》しすぎるわ！

雪菜先輩！　不器用でもいいから、俺には本音をぶつけてくださいね！　あなたのワガママに振り回《まわ》されるのなんて、幸せの範疇《はんちゅう》だからさ！　これからも、いっぱい俺を困らせる雪菜先輩でいてください！

……などと叫ぶと雪菜先輩のドSが発動するので、俺は歯を食いしばってこらえた。

「それじゃあ、撮りますよ」

俺は雪菜先輩と肩を寄せ合い、スマホを前にかざした。

「はい、チーズ！」

ぱしゃっ、と小気味よいシャッター音が鳴った。

スマホを確認《かくにん》する。写真の雪菜先輩は控えめにピースしてはにかんでいた。

「雪菜先輩にも写真送りますね」

スマホを操作して写真を送ると、雪菜先輩のスマホがピコンと鳴った。

「あっ！　写真、届いたわ！」

スマホを確認する雪菜先輩の顔はとても柔《やわ》らかくて、おもわず見惚《みと》れてしまった。

俺の視線に気づいた雪菜先輩は顔を上げた。

「な、何よ。写真くらいで舞《ま》い上《あ》がる私がそんなにおかしい？」

「いえ。俺も舞い上がっているんで、おそろいですね」

素直にそう言うと、雪菜先輩は頬を赤らめる……ことはなく、いつものクールな表情に戻った。

「私の写真を待ち受けにして、あれこれ妄想《もうそう》するつもりね？　童貞《どうてい》にもほどがあるわ」

「この流れで罵倒《ばとう》!?　雪菜先輩が考えているような妄想なんてしないよ！」

「なら、この写真を印刷して部屋中に貼《は》るつもり？　さすが変態上級者。おそれいったわ」

雪菜先輩は「スケベな下僕を持つと苦労が絶えないわね」と嘆息《たんそく》した。それ、素直になれない主人を持つ俺のセリフなんですけど……。

まぁいいか。雪菜先輩、喜んでくれたみたいだし。サプライズ成功だな。

その後、俺たちは他愛《たあい》もない話をしながら歩いた。

アパートの前に到着《とうちゃく》すると、そこにはキャップをかぶった赤髪ツインテールの少女が座っていた。

少女は黒いパーカーとミニスカートという格好で、年齢《ねんれい》は俺たちと同年代のように見受けられる。

少女と目が合うと、彼女は立ち上がって微笑《ほほえ》んだ。

「子どもの頃《ころ》の面影《おもかげ》がある……ようやく見つけた。このアパートに住んでいるという情報は間違《まちが》いなかったみたいだね」

「え？　ど、どうして俺の住所を……」

「けーた……なんでしょ？　ひさしぶり。元気だった？」

俺の問いをさえぎって、少女は俺に微笑んだ。

「……どちら様かしら？」

俺よりも先に雪菜先輩が尋ねた。赤髪の少女に対して、敵意の視線をびゅんびゅん送っている。どうしてケンカ腰《ごし》なんですかやだー……。

少女は雪菜先輩を一瞥《いちべつ》すると、再び俺に視線を戻した。

「けーた。こちらの美人さんは誰？」

「へっ？　あ、うん。このアパートに住んでいる雪菜先輩。すごく世話になってるんだ」

「そう。『ただの』先輩なんだ？」

少女は勝《か》ち誇《ほこ》ったようにそう言って、雪菜先輩に挨拶《あいさつ》した。

「はじめまして、雪菜さん。ボクは蛇川飛鳥《へびかわあすか》。けーたの許嫁《いいなずけ》だよ」

「はっ？」「えっ？」

俺と雪菜先輩の驚きの声が見事にハモる。

許嫁。

その言葉の破壊力の前に、俺の思考は完全に停止してしまった。

パニックに陥《おちい》っていると、飛鳥と名乗った少女は不敵に笑った。

「ボク、今日からこのアパートに住むことになったから。よろしくね、けーた。それに雪菜さんも……ね？」

そう言い残し、飛鳥はアパートに入っていった。

「け、啓太くん！　あっ、あああの子とはどういう関係⁉」

俺は動揺《どうよう》する雪菜先輩に返す言葉を持ち合わせていなかった。

だって、蛇川飛鳥なんて女の子、俺は知らないんだから。

ちょっと待ってくれ！　許嫁とか、そんなギャルゲーに出てきそうな新キャラいらんわ！　雪菜先輩とフラグ立てることさえできていないのに、余計な恋愛《れんあい》ルートぶち込んでくるんじゃねぇよ！

……ちょっとガチで叫んでもいいかな？

「あの子だれぇぇぇぇぇぇぇぇぇっ⁉」

俺の絶叫《ぜっきょう》はアパートの前に虚《むな》しく響くのだった。

番外編

DOKUZETSU SHOJO HA AMANOJAKU

【雪菜《ゆきな》先輩は素直になりたい】

これはまだ夏休み前の話である。

七月某日《ぼうじつ》。事件は唐突《とうとつ》に起きた。

雪菜先輩が、毒舌をやめたのだ。

◆

額の汗《あせ》をハンカチで拭《ぬぐ》いながら、蝉時雨《せみしぐれ》の降り注ぐ帰路を歩く。

今年は梅雨明《つゆあ》けも早く、例年よりも暑い夏が予想されている。ちなみに、今日の最高気温は三十三度。まだ七月だっていうのに暑すぎだろ。

住宅街を歩き、アパートに到着した。

部屋のドアを開けると、ひんやりとした空気が俺を迎《むか》え入《い》れた。きっと雪菜先輩が先に来て冷房《れいぼう》を入れてくれたのだろう。

「ただいま、雪菜先輩」

「おかえりなさい、啓太《けいた》くん。今日もお疲《つか》れ様《さま》。部屋は冷やしておいたから涼《すず》んでね」

挨拶すると、制服姿の雪菜先輩が出迎《でむか》えてくれた。

……出迎えてくれた？

おかしい。

普段なら挨拶しても「家畜《かちく》に冷房は過ぎた文明よ。あなたはベランダで目玉焼きになりなさい」などと毒舌で返すはず。

それなのに、ねぎらいの言葉をかけて出迎えてくれただと？

「雪菜先輩、何が狙いですか。お金なら貸せませんよ？」

「金欠じゃないわよ、失礼ね。そんなに蹴られたいの？」

そう言って、雪菜先輩はニーソックスに包まれた足を振りかぶった。足首を鎌《かま》のごとく振るい、俺の太ももに巻きつけるようにして蹴る――かと思われたが、雪菜先輩の動きが途中《とちゅう》でピタリと止まった。

「……ゆ、雪菜先輩？」

「……ふん。命拾いしたわね」

雪菜先輩はそのまま足をおろした。

……やっぱり今日の雪菜先輩はおかしい。

今まで俺に対してお仕置きを中断したことはない。あらん限りの暴力を振るったあと、自室で後悔《こうかい》するのがいつものパターンだ。

それなのに、お仕置きをしないなんて……あれか？　お預けアリの新しいドM調教か？

不思議に思っていると、雪菜先輩は俺に背を向けた。小声で何かぶつぶつ言っている。

「あぶない、あぶない……今日はドSを封印《ふういん》しなきゃいけないんだった……がんばれ、ゆきな！　ふぁいと、ゆきな！」

雪菜先輩は素の声で自分を鼓舞《こぶ》している。隠しているつもりだろうけど、すべて丸聞こえだ。

……って、ちょっと待て。

今、ドSを封印するって言ったのか？

つまり、毒舌も寝技も今日はお預けということ。やはり新しい調教か、あるいは俺を焦《じ》らして興奮させる作戦か……何その性的趣向《しゅこう》。この暑さで頭おかしくなっちゃったの？

なんにせよ、今日の雪菜先輩はちょっと変だ。

「雪菜先輩。俺に何か隠していません？」

尋ねると、雪菜先輩は振り返《かえ》ってこちらを見た。

「別に。何も隠していないわ」

「怪《あや》しいです。じーっ……」

「か、隠していないって言ってるでしょ」

雪菜先輩は両手の人差し指をクロスさせて「何もやましいことはないからっ！」と否定した。

その仕草めちゃくちゃ可愛い！　でも絶対なんか裏があるだろ！

「本当に隠し事《ごと》はないんですか？」

「しつこいわね。そんなことより啓太くん。このあと予定は？」

「え？　特にありませんけど」

「そ、そう……」

雪菜先輩はほっと安堵《あんど》のため息をついた。

おい。なんか急に予定を聞いてきたぞ……ますます怪しいんだが。

俺の懐疑的《かいぎてき》な視線を無視し、雪菜先輩はふっと柔らかく微笑んだ。

「啓太くん。鞄《かばん》持つわ」

「え？　いや、別に……」

「疲れたでしょう。肩こってない？」

「大丈夫ですけど」

「遠慮しないで……あっ！　気が利《き》かなくてごめんなさい。喉渇《のどかわ》いたわよね。外は暑かったでしょう。すぐに麦茶を用意して——」

「ちっがぁぁぁう！　そうじゃなぁぁぁぃッ！」

違和感《いわかん》に耐《た》えきれず、俺は叫んだ。

「雪菜先輩がこんなに優しいわけがないでしょ！」

「ひどい言い草ね。お仕置きに踏《ふ》んづけ……たりはしないわ。暴力では何も解決しないもの」

「さっきから言動も行動もおかしいんですよ！　今日の雪菜先輩は清純すぎる！　いつもはもっと不純でしょ！」

「誰が不純よ、このエロテロリスト……と、頭ごなしに否定するのはよくないわね。今一度、自分の胸に問いかけて己《おのれ》の行いを省《かえり》みるわ。私に反省する機会をくれてありがとう」

「なんか怖《こわ》いよ、雪菜先輩！　お願いだから、暴力の限りを尽《つ》くす普段のデビル雪菜に戻ってよ！」

「誰がデビルっ……！　ふふっ。啓太くんの冗談は今日も冴《さ》えているわね。腹筋大激痛よ」

雪菜先輩《せんぱい》は額に血管を浮《う》かばせたまま微笑んだ。

なんてことだ。あのドSが毒舌と暴力を封印して、聖人君子のフリをしている……何この縛《しば》りプレイ。違和感どころか、狂気《きょうき》を感じるんですけど。

さすがに心配になった俺《おれ》は、雪菜先輩に声をかけた。

「雪菜先輩。今日マジでおかしいですよ。嫌なことでもありましたか？」

「えっ？　いえ、別に嫌なことはないけれど……」

「俺、いつもの雪菜先輩がいいです。何かあったなら相談に乗りますから、話してくれませんか？」

尋ねると、雪菜先輩は「……わかったわ。心配かけて悪かったわね」と観念した。

「ところで啓太くん。今日は何の日かわかる？」

「へっ？」

不意を突《つ》く質問に、おもわず素《す》っ頓狂《とんきょう》な声を上げてしまった。

今日は……ただの平日だと思う。

だが、雪菜先輩にとっては違《ちが》うらしい。

「もしかして……わからないの？」

雪菜先輩は唇を尖らせた。「怒《おこ》った顔も可愛いですね」と言いかけたが、そこは空気を読んでグッとこらえた。

「ごめんなさい。俺には見当がつきません」

「あきらめが早すぎるわ。もっとよく考えなさい」

雪菜先輩は顔を近づけて「私だけ舞い上がって馬鹿《ばか》みたいじゃない」と、顔を赤くして言った。

「ち、近いですよ。雪菜先輩……」

「あっ……こほん」

雪菜先輩は咳払《せきばら》いをして俺から離《はな》れた。

そのまま床《ゆか》に体育座りでちょこんと座る。

「とにかく！　よく考えること！　ほら、そこに座って！」

「わ、わかりました」

言われたとおり、俺は雪菜先輩の正面に座った。

マズい。これは忘れている俺が悪いっぽいぞ。

ヒントは「雪菜先輩にとって特別な日」で、しかも「雪菜先輩は今日を楽しみ」にしていることだろう。

特別な日といえば、定番は……。

「記念日とかですか？」

「そう！　それ！」

雪菜先輩は、ぱあっと顔を輝《かがや》かせたが、すぐにむすっとした顔に戻した。いつもの照れ隠しである。

「では、何の記念日かわかる？」

「雪菜先輩が初めてトラモンのCDを買った日ですか？」

「違う」

「えっと……じゃあ、トラモンのライブに初めて行った日？」

「違う。トラモンは関係ないわ」

「ぐぬぬっ……えっと、えっとぉ……」

「思いつかないの？」

「……はい。ごめんなさい」

「そう……もういいわ」

雪菜先輩はしょぼーんとして黙《だま》ってしまった。体育座りのまま、床に『の』の字を指で書いていじけている。ヤバい。本気で落ち込んでいるぞ。

どうしよう。全然わからない。

夫婦《ふうふ》なら結婚《けっこん》記念日とか予想つくけど、俺たちは結婚どころか恋人《こいびと》同士でさえない。付き合って何日記念日とか、そういうラブラブイベントの可能性はゼロ……うん？　待てよ？

『〇〇してから何日記念日』は、結構いい線いっているんじゃないか？

俺たちが出会った日まで遡《さかのぼ》り、今日が『〇〇してから何日記念日』になる理由を考えてみた。

ここまでくれば、答えは簡単に出てくる。俺はすぐに閃《ひらめ》いた。

「わかりました！　今日は『俺と雪菜先輩が出会ってから百日記念日』ですね！」

解答すると、体育座りの雪菜先輩は顔を膝《ひざ》の上に乗せ、上目づかいで俺を見た。彼女《かのじょ》の頬は、ほんの少しだけふくらんでいる。

「……気づくの遅《おそ》いよ。啓太くんのばか」

ずきゅーん！

でた、デレ雪菜先輩の目で童貞を殺す仕草！　なんだそのポーズ！　グラビアアイドルかよ！

「ねえ。啓太くん。私たちが出会ったときのこと、覚えている？」

雪菜先輩は姿勢を崩《くず》して柔らかく笑った。

よかった。どうやら機嫌《きげん》は直ったみたい。

「もちろん、覚えていますよ」

俺たちが出会ったあの日のことを思い出す。

季節は春。

俺が二年生に進級した日であり、雪菜先輩の転校初日でもある。

あの日、俺たちはラブホ街の入り口で出会った。

◆

「ふふっ。いい買い物しちゃったぜ」

駅から離れた繁華街《はんかがい》の裏路地を歩きながら、独《ひと》り言《ご》ちる。

俺はいかがわしい本専門店『スケベ倶楽部《くらぶ》』でエロ本を買った。タイトルは『ＯＬさんと遊ぼう！　ＶＯＬ．１』。手に持った黒いビニール袋《ぶくろ》の中に入っている。

さて。ミッションは完了《かんりょう》した。あとは同級生に見つからないように帰宅するだけだ。

コソコソと帰り道を歩いていると、ラブホ街から制服姿の少女がふらふらした足取りで出てきた。長い黒髪《くろかみ》がよく似合う美人さんだ。

「あの子……俺と同じ学校の制服じゃん」

よく見ると、少女の足は震《ふる》えていて、顔は青ざめている。明らかに気分が悪そうだ。

ラブホ街から出てきたのも気になる。もしかしたら、何かトラブルに巻き込まれたのかもしれない。

心配になった俺は彼女に近づいて声をかけた。

「あの、すみません。大丈夫《だいじょうぶ》ですか？　何かお困りですか？」

尋ねると、少女の端整《たんせい》な顔が崩れ、一気に幼くなった。目に涙《なみだ》を溜《た》めて、ぷるぷると震えている。

「……えぐっ、えぐっ」

「えっ？」

「うわぁぁぁぁん！　怖かったよぉぉぉ！」

「急に泣きだした⁉」

泣くほど怖い目に遭《あ》ったのかもしれない。これは事情を聴《き》いたほうがよさそうだ。

「ううっ。怖かったぁ、怖かったよぉ……」

「落ち着いて。もう大丈夫だから。俺でよければ話聞くよ」

「ぐすっ……で、でも、迷惑《めいわく》じゃ……」

「迷惑なわけないよ。それに俺、困ってる人を放っておけない性分《しょうぶん》だし。遠慮《えんりょ》しないで？」

微笑みかけると、少女は不思議そうな顔で俺を見つめ返した。

な、なんだ？

俺、変なこと言ったか？

「えっと、俺の名前は田中《たなか》啓太。君は？」

「……雪菜よ。難波《なんば》雪菜」

そう言って、雪菜さんは笑った……のは一瞬《いっしゅん》のことで、すぐにむすっとした顔になってしまった。

「……雪菜さん？　なんか怒ってます？」

「べつに。あなたのこと、スケベ顔だなって思っただけよ」

「初対面で失礼なっ！」

「ふん。どうせその黒いビニール袋、えっちな本が入っているんでしょ？」

ぎくっ。

しまった。ちゃんと鞄にしまうべきだった。

「あら。図星なのね。その本で今夜はお楽しみかしら？」

「そ、そんなことは……」

「ふふっ。啓太くんはえっちなことで頭がいっぱいなのね……へ・ン・タ・イ」

雪菜さんは俺の耳元でつぶやいた。熱を帯びた吐息《といき》がくすぐったくて、おもわず身震《みぶる》いする。

なんだこの人。情緒不安定かと思ったら、急にドSになったぞ？

「啓太くん。罰《ばつ》として私の家まで送っていきなさい」

「罰ってなんのですか……」

「おだまり。歩きながら、不安で夜も眠《ねむ》れない私の話を聞くのよ。わかったなら返事をしなさい、この豚野郎《ぶたやろう》」

それはかまわないけど……だからどうしてドSなの？

「……雪菜さん。もしかして、案外メンタル平気だったりします？」

「いえ。かなり追い込まれているわ。吐《は》きそうよ」

「そ、そうですか……」

本当か嘘かわかりにくい。俺は適当に相づちを打った。

うん……変な人と関《かか》わってしまったかもしれない。

雪菜さんのキャラがつかめないまま、俺たちは帰路についた。

◆

この後、俺は雪菜先輩から事情を聴いた。

雪菜先輩は春に俺の通う学校に転校してきた。当時は周辺の地理に疎《うと》く、誤ってラブホ街に迷い込んでしまったのだとか。

泣いていたのは、ラブホ街でナンパ男に絡《から》まれて怖い思いをしたからだそうだ。

雪菜先輩がナンパ男から逃《に》げてきたところで、偶然俺《ぐうぜんおれ》たちは出会った。まぁ一番の偶然《ぐうぜん》はアパートの隣人《りんじん》だったことだけどね。

「あのときの雪菜先輩、パニックでしたよね」

「だって、本当に怖かったんだもの。啓太くんが声をかけてくれて、やっと安心できたわ」

雪菜先輩は「二度とあそこには立ち寄りたくない」と苦笑《くしょう》した。

「そういえば、出会った頃から雪菜先輩はドSでしたよね。懐《なつ》かしいなぁ……はっ！」

思い出話に花を咲《さ》かせている場合ではない。

今日が百日記念日だってことはわかったが、まだ謎《なぞ》は残っている。

「あの、雪菜先輩。聞きたいことがあるんですけど」

「何かしら？」

「……どうして今日はドSを封印して、俺に優しくしてくれるんですか？」

瞬間《しゅんかん》、雪菜先輩の表情が凍《こお》りつく。

「そんな昔の話、忘れたわよ」

「いや数十分前の話ですけど……」

「優しさなんて過去に置いてきたわ……子どもの頃の夢と一緒《いっしょ》にね」

雪菜先輩は「もう楽しいだけのあの頃には戻れない……大人になるってそういうことよ」

とつぶやいた。今日はよくキャラがブレる一日である。

「雪菜先輩。何か理由があるんでしょ？」

「それは……」

「教えてください」

「……わ、わかった。言うわよ」

雪菜先輩は「笑ったら蹴《け》るから」と釘《くぎ》を刺《さ》してから真相を話し始めた。

「私ね、啓太くんに助けてもらったこと、今でも感謝しているの」

「あはは、そりゃどうも。まぁ俺がナンパ男を追《お》い払《はら》ったわけじゃないですけどね」

「ううん。私を安心させてくれたことに感謝しているのよ。それに……初対面の人に親身になれる優しさは素直に尊敬しているわ」

「そ、そうでしたか……」

な、なんだ？　急にべた褒《ぼ》めしてきたんだが……このあと照《て》れ隠《かく》しに蹴るパターンじゃないだろうな？

身構えていると、雪菜先輩は言いにくそうに口を開いた。

「そ、それでね……私がドSを封印しようと思ったのは……」

「思ったのは？」

「……きょ、今日は啓太くんに感謝の気持ちを伝えるために、暴力を振るわず、いっぱいご奉仕《ほうし》しようと思ったの！」

雪菜先輩は顔を真っ赤にして、素《す》の声でそう言った。

感謝の気持ちを伝えてご奉仕……なるほど。それで俺に優しく接しようとしていたのか。まさかあまのじゃくな雪菜先輩に、直球で気持ちをぶつけられるとは思わなかった。なんだか気恥《きは》ずかしい。

「そ、そうだったんですか……へえー……」

「啓太くん。その、いつもありがとう……」

「あ、いいえ。こちらこそ」

「「………」」

なんで照れてんだよ俺たちぃぃぃぃぃ！

雰囲気《ふんいき》的には悪くないよ！　頑張《がんば》れ、俺！　このまま手を繋《つな》いで「じゃあ、一緒にお祝いしましょう……夜までこのままでいてくれますか？」くらいかっこつけろよ、意気地《いくじ》なし！

雪菜先輩も雪菜先輩だよ！　いっぱいご奉仕って言い方はダメだからぁ！　スケベ期待しちゃうからぁ！

悶々《もんもん》としている間に、雪菜先輩はいつものクールな顔に戻っていた。

「啓太くん……あなた、まさかえっちなことを考えているんじゃないでしょうね？」

「ぎくぅ！」

なんでわかったんだよ。あなたはエスパーか。

「そう。ご奉仕してほしいの」

「あ、いや、俺は……」

「いいわ、記念日だもの。いつもより多めにサービスしてあげる」

雪菜先輩は下唇《したくちびる》をぺろりと舐《な》めた。ピンク色の舌と濡《ぬ》れた唇《くちびる》に、おもわずドキドキしてしまう。

「ご、ご奉仕って……？」

「こういうのがいいんでしょう？」

雪菜先輩は俺の足に自分の足を絡めてきた。

「あっ……ゆ、雪菜先輩？」

「ふふっ。すぐに気持ちよくさせてあげる」

「気持ちよくって、いったいナニを……ふぉっ⁉」

びくんっ！

俺の股《また》に雪菜先輩のもぞもぞと動く足の爪先《つまさき》がかすった。その程《ほど》よい刺激《しげき》に腰《こし》が浮きそうになる。

一方で雪菜先輩は無反応だった。どうやら自分のしたことに気づいていないらしい。

雪菜先輩の足はまるで獲物《えもの》を捕《と》らえる触手《しょくしゅ》のようだった。俺の足にねっとりとまとわりつき、柔らかく包み込んでいく。

頭の中はもう真っ白で、思春期の体は健全に反応してしまっている。仕方がないんだ。だって、男の子だもの。

「雪菜先輩……今日のお仕置き、刺激的《しげきてき》すぎますよぉおっ……！」

「あら。本番はこれからよ？」

「ほ、本番って……ヘタレでも、俺だって男です。これ以上はさすがに我慢《がまん》できません……っ！」

「くすっ。我慢しないでいいのよ？」

「なっ……雪菜先輩、それって！」

「お待たせ。美しい4の字ができたわ」

「雪菜先輩。俺、初めてだけど優《やさ》しくする――えっ？　4の字？」

視線を足元に向ける。

わぁ、綺麗《きれい》な4の字！　え、これってあの有名な足4の字固め？　すごーい、芸術的じゃーん――って、これいつものパターンじゃねぇか！

気づいたときにはもう遅い。

雪菜先輩はいつものサディスティックな笑みを浮かべていた。

「欲しがりな下僕《げぼく》ね。お望みどおり、我慢しないで鳴きなさい！」

ぎちぎちぎちぃ！

「ぎゃあああ！　ちょ、これムリぃぃぃぃぃ！」

「遠慮しないで。たっぷりご奉仕してあげる」

「俺の思ってたご奉仕と違うんですけど!?」

記念日に足４の字固めでご奉仕してくる隣人とか嫌《いや》すぎるわ！

「ギブアップですぅ、雪菜先輩！」

「あきらめないで。啓太くんはやればできる子よ」

「雪菜先輩がやめればいいだけでしょ！」

「や・め・な・い・ぞっ？」

ぎちぎちぎちぃ！

「いでぇっ！　可愛く言ってもダメぇぇぇぇ！　てかこれマジで無理だってぇ！」

俺が床をタップすると、雪菜先輩は盛大に嘆息した。

「はぁ。相変わらず根性《こんじょう》なしね」

雪菜先輩は技《わざ》を解いて立ち上がった。

「私、もう帰るわ」

「いててて……えっ？　せっかくの記念日なんだから、もう少し一緒に……」

「あら。もっと関節技《かんせつわざ》をかけられたいの？」

「遠慮しておきます！」

さすがに関節技で記念日を祝う気はない。俺は慌《あわ》てて拒否《きょひ》した。

「それじゃあ、また明日」

雪菜先輩は軽く手を振《ふ》って俺の部屋を出ていった。

「……あーあ。もっと雪菜先輩とお話ししたかったなぁ」

せっかくの記念日だから、出会ってから今までの思い出とか語りたかった。

ねぇ。雪菜先輩もそう思いません？

一緒にゲームをしたり、雨の日に相合傘《あいあいがさ》をしたり、映画を観に行ったり。

俺たちが過ごした百日間は、朝が来るまで語り明かせるくらい充実《じゅうじつ》していたじゃないですか。

「それなのに……雪菜先輩ったら、結局照れ隠しするんだもんなぁ。記念日くらい、もう少し素直《すなお》になってくれてもいいのに」

俺はぶつぶつと文句を言いながら、壁《かべ》にぴたっと耳をくっつけた。

『やっちゃったぁ……またやっちゃったよぉぉぉぉ！』

きた。

もはや日課になりつつある、雪菜先輩のデレタイムだ。

『せっかくの記念日なのに、沈黙《ちんもく》が恥《は》ずかしくてつい技をかけちゃった……ああ、もう！　私のばかばか！　もっと啓太くんとお話ししたかったのに！　出会ってから今までの思い出を振り返る予定がパーだよ！』

え、マジか！　俺と同じこと考えてるじゃん！　ラブラブかよ！

今からでもいいから、また俺の部屋来なよ！　今日は語り明かそうぜ！

一人でハイテンションになっていると、急に雪菜先輩の声がトーンダウンした。

『あ、あれ……ない？　おかしいな、失《な》くしちゃったのかな……』

失くした？

財布《さいふ》や部屋の鍵《かぎ》だったら一大事だ。大丈夫かな、雪菜先輩。

『ない……ないっ！　啓太くんに渡《わた》す予定だったお手紙がどこにもないよぅ！』

えっ？　俺宛《おれあ》ての手紙？

俺に渡す予定だったってことは……もしかして、さっき俺の部屋で落としたんじゃないか？

壁から離れて、雪菜先輩が座《すわ》っていた辺りに視線を落とす。

「あった……」

犬のイラストが描《か》かれた可愛らしい封筒《ふうとう》が落ちている。あれに違いない。

封筒を拾いあげ、考える。

今日、雪菜先輩は感謝の気持ちを伝えるために俺の部屋に来た。だとすれば、この手紙には俺への感謝の気持ちが書かれている可能性が高い。

……読んだらダメかな？

持ち主の許可なく手紙の中身を盗《ぬす》み見《み》るのは良くないことだ。当然それくらいわかっている。

だけど、あの雪菜先輩だぞ？

手紙を返しに行ったところで、中身を見せてくれるとは到底《とうてい》思えない。照れ隠しの寝技《ねわざ》をくらって追い返されるのがオチだ。

……読みたい！

雪菜先輩のデレまくりの手紙とかいうレアアイテム、超《ちょう》ほしい！

雪菜先輩の手紙をこっそり読むか。

それとも、手紙はお預けのまま寝技をくらうか。

……ごめんなさい、雪菜先輩！

俺、雪菜先輩の心の内が知りたいです！

悪いとは思いつつ、俺は封筒を開けた。

中にはピンク色の便箋《びんせん》が折《お》り畳《たた》まれて入っている。俺はそれを取り出して開いた。

啓太くんへ

今日は私と啓太くんが出会って百日記念日です。

いつもワガママな私に付き合ってくれてありがとう。

私が毎日部屋に行くの迷惑じゃないかなって、ときどき不安に思うことがあるの。

でも啓太くんが笑顔《えがお》で迎えてくれるから、それが嬉《うれ》しくてつい通っちゃうんだ。ごめんね。啓太くんの笑顔と優しいところ、大好きです。

二百日経《た》っても、三百日経っても、仲良くしてくれると嬉しいな。

これからもよろしくね。

P.S.　今度また二人でお出かけしようね！　夏らしい場所がいいです（笑）

俺は読み終えた便箋を封筒にしまい、ニヤけた口元に手を添《そ》えた。

……ちょっと叫《さけ》んでもいいかな？

雪菜先輩可愛《せんぱいかわい》すぎだろぉぉぉぉ！

迷惑じゃないかな、だと？

そんなことねぇぇぇえよッ！

俺だって雪菜先輩と話すの楽しいよ！　むしろ一日の中で一番好きな時間だし！　毎日一緒でも飽《あ》きないんだから、俺たち絶対相性《あいしょう》いいよ！

つーか、何さりげなく大好きとか言ってんだよ！　幸福感で俺を窒息《ちっそく》させる気か！

なんで手紙だとデレが割り増しなんだよ……決めた！　今日から文通も始めよう、そうしよう！

……などと叫ぶと雪菜先輩に聞こえてしまうので、俺はその場でジタバタ悶《もだ》えるしかない。

あのさ、雪菜先輩。

俺も雪菜先輩のあまのじゃくなところ、大好きですよ。

こちらこそ、よろしくお願いします。

「はぁぁ……なんだよもぉー。ゆっきー可愛すぎるわー」

こんな愛《いと》しい手紙をもらったら、雪菜先輩に会いたくなってきちゃったじゃないか。

あっ……そういえば雪菜先輩、さっき俺の予定を聞いてきたよな？

「あれって、このあと俺と一緒に夕食でも食べるつもりだったのかも……」

わからないけど、とりあえず食事に誘《さそ》ってみよう。

「雪菜先輩。今度こそ、二人で記念日をお祝いしましょうね」

俺はスマホを手に取り、雪菜先輩に電話をかけた。
あまのじゃくな毒舌《どくぜつ》少女と、もっと仲良くなるために。

あとがき

このたびは『毒舌少女はあまのじゃく１　～壁越しなら素直に好きって言えるもん！～』をお読みいただき、ありがとうございます。作者の上村夏樹《うえむらなつき》と申します。本作で第１回ノベルアップ＋小説大賞に入賞し、デビューの運びとなりました。

ドＳな毒舌少女の可愛い本音がダダ漏れ――ずばり、これが本作の魅力です。

この小説のアイデアが生まれたのは約一年前でした。当時のメモ書きを見ると、キャッチコピーは『ドＳな態度は照れ隠し。毒舌少女は今日も隣の部屋でデレまくる！』。他の設定はそれなりに変わっていますが、自分の書きたい芯の部分だけは貫きました。

可愛いですよね、あまのじゃくな女の子って。ヒロインの雪菜《ゆきな》先輩も典型的なあまのじゃくタイプです。普段は「下僕のくせに生意気よ」と啓太《けいた》くんに冷たいのですが、壁越しでは「えへへ。啓太くん好きー」と甘えてきます。こちらが恥ずかしくなるくらい、幸せいっぱいな顔でデレるのです。冷たい態度も素直になれないだけだってわかるから、安心して受け止められますね。毒舌、足技、寝技、全部まとめてどんとこいですよ。広めよう、本音お漏らし系ヒロインの輪！

以下謝辞を。

担当編集様。いつもお世話になっております。ラフが届くたびに「半べそ女子の表情はたまんねぇな！」「フェチズムは細部に宿るんですよ！」などと喚き散らし、ご迷惑をおかけしております。今後も生温かい目で見守ってくだされぱと思います。

イラストを担当してくださった、みれい様。雪菜先輩たちを可愛く、そしてセクシーに描いてくださってありがとうございます。初めてカバーイラストを見たとき、啓太のように「雪菜先輩可愛すぎだろぉぉぉぉ！」と叫んだのは内緒です。

小説投稿サイト『ノベルアップ＋』でお世話になっているＷＥＢ読者のみなさん。みなさんの応援のおかげで、作者も作品も成長することができました。本当にありがとうございます。今後も啓太と雪菜先輩の甘々ラブコメをよろしくお願いいたします。

最後にこの本を読んでくださった読者のみなさんに最大級の感謝を。ありがとうございました！

HJ文庫 http://www.hobbyjapan.co.jp/hjbunko/
890

毒舌少女はあまのじゃく 1
～壁越しなら素直に好きって言えるもん！～

2020年7月1日　初版発行

著者――上村夏樹

発行者―松下大介
発行所―株式会社ホビージャパン

〒151-0053
東京都渋谷区代々木2-15-8
電話　03(5304)7604（編集）
　　　03(5304)9112（営業）

印刷所――大日本印刷株式会社

装丁――AFTERGLOW／株式会社エストール

ISBN978-4-7986-2248-4　C0193

ファンレター、作品のご感想お待ちしております

〒151－0053　東京都渋谷区代々木2－15－8
(株)ホビージャパン HJ文庫編集部 気付
上村夏樹 先生／みれい 先生